O PAÍS QUE AGORA CHAMAVAM DE SEU

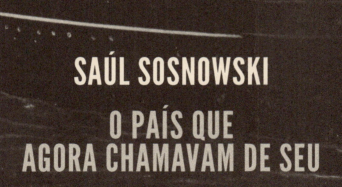

SAÚL SOSNOWSKI

O PAÍS QUE AGORA CHAMAVAM DE SEU

Tradução
Maria Paula Gurgel Ribeiro

ILUMI/URAS

Copyright © desta tradução e edição
Editora Iluminuras Ltda.

Capa e projeto gráfico
Eder Cardoso / Iluminuras
sobre cartão postal publicado por Gdynia America Line, [antes de 1939, 9x14cm].
Local: Porto de Gdynia. Biblioteca Nacional da Polonia.

Revisão
Monika Vibeskaia
Eduardo Hube

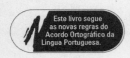

Este livro segue as novas regras do Acordo Ortográfico da Língua Portuguesa.

CIP-BRASIL. CATALOGAÇÃO NA PUBLICAÇÃO
SINDICATO NACIONAL DOS EDITORES DE LIVROS, RJ
S693p
    Sosnowski, Saúl, 1945-
        O país que agora chamavam de seu / Saúl Sosnowski ; tradução Maria Paula Gurgel Ribeiro. - 1. ed. - São Paulo : Iluminuras, 2024.
    128 p. ; 21 cm.

    Tradução de: El país que ahora llamaban suyo
    ISBN 978-65-5519-216-2

      1. Romance argentino. I. Ribeiro, Maria Paula Gurgel. II. Título.

24-88553   CDD: 868.99323
                  CDU: 82-31(82)

Meri Gleice Rodrigues de Souza - Bibliotecária - CRB-7/6439

2024
ILUMI//URAS
desde 1987
Rua Salvador Corrêa, 119 | Aclimação, São Paulo/SP
04109-070 | Telefone: 55 11 3031-6161
iluminuras@iluminuras.com.br
www.iluminuras.com.br

I

Levava uma hora e quinze para percorrer o caminho que margeava o lago. Artificial como tanta coisa nesse país, parecia um pretexto para as árvores que o rodeavam, para o mato e as raízes que dificultavam a corrida. Manchas de agitado sol marcavam seu ritmo. Usualmente cortês pelas ruas, ignorava os cumprimentos daqueles que passavam a seu lado; o pescador que inutilmente se instalava em alguma curva; as tartarugas montadas sobre um tronco que vacilava sobre as ondas.

Repetidas uma hora e quinze haviam sido um refúgio frente a vozes indesejadas e gestos recriminatórios. Quando depois de muitos meses deixou de olhar o relógio, sentiu ter se voltado para o tempo dos silêncios e das lembranças. Como em uma cerimônia anual que havia deixado de praticar, descarregou o peso nas águas. Esse lago artificial e alheio agora era seu. Antes teve outro, repleto de cisnes e de adolescência.

II

Depois da corrida, cedeu a um ritmo mais pausado. Foi até o banco mais isolado. Sombra e água. Estava decidido a enfrentar o que tantas vezes havia postergado ou entregado a crônicas alheias.

Sabia pouco sobre seu tio. Quatro anos mais velho que seu pai, foi o único militante com laivos épicos da família; o único comprometido com ideais que depois veria sumidos na corrupção do partido. Quando viajou para Varsóvia para conhecê-lo, encontrou-se com um homem que, depois de abraçá-lo, disse com sotaque espanhol, "caramba, homem, como você é parecido com o seu pai!". Os irmãos tinham uma semelhança física, mas sua pronúncia bastou para notar o abismo que separava o polaco castiço do argentino em iídiche.

Não foi fácil para ele estar com alguém tão próximo e, ao mesmo tempo, tão distante. Seu modo de vida ostentava modéstia, rigidez partidária e uma mesura que lhe pareceu excessiva. Apesar de em 1967 ter se enfrentado com os doutrinários, seu tio aquilatava algumas respostas com fórmulas do manual que já não consultava. Contava alguma coisa, mas nunca se mostrou disposto a oferecer detalhes em torno do que seu sobrinho queria saber: como foi a relação entre os irmãos, com seus pais? Como se deu o que acabou sendo uma ruptura sem volta? Entrou em contato com alguém da família depois da sua partida?

Sua memória desses dias era uma paleta de matizes cinza, de negras franjas rasgadas pela ira, pelo desprezo, pelo ódio. Caminharam por uma cidade que ainda não havia conseguido se recuperar. O que não estava destruído, via-se prostrado na miséria. Seu tio lhe mostrou o palácio da cultura cuja altura marcava as aspirações fixadas pelos amigos deste; viu a reconstrução do que seria um setor turístico; a fachada atormentada de uma sinagoga; um candelabro de bronze em uma loja de antiguidades. Entraram porque o recém-chegado considerava obsceno que atrás de uma vitrine suja estivesse jogada como butim de saques. Não importa quanto vale; é anterior a 1949 e que aqui fica — disse sem vontade aquele que havia saído do fundo do local ao ouvir o ranger da porta.

O destruído com negada cumplicidade e violento arrebato já era política de Estado. Da derrota e posterior conivência, os polacos emergiram como vítimas dedicadas à reconstrução nacional sob os paradigmas do comunismo. Agora, os judeus eram seus; não restava dúvida diante da vida idílica que haviam tido ali século após século. Por isso os alunos das escolas primárias viam a encenação de um casamento hassídico e a dança de um camponês polaco com a noiva judia. Depois da função, consciente do disparate, o diretor da peça lhes deu a entender, em um iídiche afetado, que devia acomodar-se à nova doutrina. Era, ao que parece, a versão que o tio também havia acatado.

III

Esta viagem não estava no orçamento — disse-lhe, um tanto incomodado. Não tem importância, eu banco, respondeu-lhe e, no dia seguinte, partiram em um táxi para o vilarejo natal. Exceto pela casa ancestral, tudo estava igual — disse seu tio. Tão igual que o antissemitismo brotou de um policial quando, referindo-se a seu tio, disse que este pretendia ser polaco. "Sim, judeu polaco", berrou com o punho que desviou em direção à escrivaninha. A credencial de veterano da Guerra Civil Espanhola emudeceu o uniformizado, mas seu uso de judeu como insulto permaneceu no ar. O tio resmungava que jamais havia tido que se enfrentar com um policial; o sobrinho lamentava que lhe tivessem tomado as fotos que havia tirado para seu pai. O retorno a Varsóvia lhes pareceu muito mais longo.

No dia antes de partir para Viena, o tio lhe entregou fotos tiradas na Espanha, outras de sua mulher e de seus filhos — não tinha nenhuma de seus pais e irmãos– e vários exemplares dos boletins que eram pregados nas trincheiras. Era o prêmio pela longa correspondência que mantiveram e pela sua visita — a única de um parente desde que partiu para criar células na desolação centro-americana.

Nessa mesma noite, recostado no sofá, leu suas colunas ideológicas e as que fixavam sua habilidade estratégica no manejo das armas. Admirou-se de que tivesse conseguido lutar contra os nazis depois da derrota republicana; se surpreendeu que não quisesse lhe dizer quem eram os militares soviéticos que apareciam junto com ele em algumas das fotos que agora eram suas. Supôs que certamente foi um espião durante sua época parisiense, os anos em que "fiz o que tinha que fazer". O que jamais chegou a entender foi sua sujeição à disciplina de um partido fraturado pelo opróbrio e pelos crimes stalinistas. Tampouco entendeu quando os comunistas de seu país não davam a mínima a respeito do pacto Molotov-Ribbentrop, dos milhares de fuzilamentos nos anos trinta, da fome extrema que custou milhares de vidas.

Teve uma vida marcada por ideais, por um ou outro sucesso, por numerosas surras e derrotas, por fracassos e desilusões. Enquanto olhava para ele, tão parecido e tão diferente de seu pai, perturbava-o sua própria ambivalência diante daquele a quem havia admirado desde sua adolescência. Depois de cumprir sua missão na França, fiel aos ditames do partido, este bom comunista havia escrito a seu irmão instando-o a voltar ao país que os viu nascer para construir o paraíso socialista. Arraigado em Buenos Aires desde meados dos anos 1930, este lhe respondeu modulando o que só o iídiche lhe permitia articular: essa proposta passava dos limites; não conseguia entender por que havia voltado; c

Como podia estar entre aqueles que haviam assassinado a tantos membros de sua família durante *dem krieg*. Não, de maneira alguma, querido irmão. Embora pesasse entre eles, não falaram dessa carta em Varsóvia. Os dois sabiam que, se não tivesse sido pela geração seguinte, a desse sobrinho que estava se enfrentando com os restos, o rompimento teria sido definitivo. Ambos o sentiram ao se despedir no aeroporto. Um forte abraço em silêncio.

Ajustou o cinto e quando o avião da Austrian Airlines começou a taxiar, anotou em seu Moleskine: "Rupturas e divergências". Sentiu que essas palavras eram assépticas demais para dar conta do vazio. Fechou a caderneta e se entregou à chegada em Viena. Olga o estaria esperando no aeroporto: sorridente e impecável; como sempre, gozosamente ruiva.

Carro com chofer e uma suíte no Hotel Intercontinental para se recuperar da ausência: um estilo ao qual estava acostumado. Foram dias e noites de passeios, pouco sono, demorados jogos e entregas, de espuma, música e aromas tão alheios ao mundo que acabava de deixar para trás. Sabia que agradeceria a seu pai ter decidido permanecer em Buenos Aires; faria isso dentro de uns dias, quando lhe escrevesse. Agora seu mundo era Olga e precisava deixar para trás aquilo que de tão impregnado em seu passado lhe resultava cada vez mais alheio.

IV

Os latidos e sua cauda antecipavam as chaves na porta. Enquanto acariciava o cachorro, invariavelmente o pai perguntava se havia notícias, se havia chegado alguma carta. Essa tarde, perto do jornal *Di Presse*, viu um envelope. Surpreendeu-o que o remetente fosse de Varsóvia. Mais ainda, ao abri-lo, ver duas folhas datilografadas em espanhol e um nome que teve que traduzir para o iídiche para saber que eram de seu irmão.

Em poucas linhas, informou-o que durante a guerra civil havia se casado com uma espanhola; que ela deu à luz a um filho em um campo de prisioneiros no sul da França, que sua filha havia nascido quando já estavam radicados em Paris. Depois de passar tanto tempo fora, sublinhou entusiasmado, finalmente havia regressado a seu país, ao dos avós e bisavós, para a terra originária. Releu essa frase como se estivesse rezando; seus lábios reliam frases cada vez mais incompreensíveis sobre o lugar que os viu nascer, sobre um país que estava em ruínas, sobre a obrigação dos sobreviventes de reconstruí-lo. Atônito, pediu para sua mulher que lesse a carta em voz alta; queria descartar qualquer dúvida sobre o que acreditou haver entendido. De que pátria e de que antepassados estava lhe falando? Por que não lhe escreveu em iídiche, a língua que compartilharam com todos os demais enquanto estavam em sua casa, em vez de usar um espanhol salpicado de polaco? Por que não aludiu ao que aconteceu com os judeus nessa terra que celebrava e à qual queria entregar-se? Por acaso ignorava que os polacos assassinaram seu pai pendurando-o em um gancho carniceiro? Não sabia que seu irmão mais velho, sua mulher e seus dois filhos foram fuzilados nesse mesmo vilarejo por aqueles que os conheciam?

Pegou as folhas, viu a assinatura de um nome em castelhano e lentamente começou a rasgá-las, a dobrá-las e a rasgá-las até que só restaram rastros de sílabas e letras. As chamas da lixeira dariam conta do resto.

Colocou a coleira no cachorro e saiu de casa em silêncio. Sua mulher guardou o envelope com o remetente.

V

Os silêncios eram sua defesa, também seu castigo. Os lábios finos de seu pai pareciam feitos para impedir que partisse o grito, que só pudesse resmungar as maldições que tanto irritavam sua mulher. Era arredio para a ternura e disciplinado no trabalho: um vulto que respirava turnos dobrados quando a esperança o ancorou na sobrevivência.

Mateando, cedia à lembrança. A nostalgia pelo trinado ou a bicicleta que no verão o levava a outros vilarejos para visitar sabe-se lá quem, o enternecia. Entre mates e bolachinhas citava lugares, parentes, clientes e transações que seu pai lhe confiava, dono e senhor do curtume. Estava orgulhoso da confiança que havia ganho desde sua tenra adolescência. O seu negócio era trabalhar, o estudo era para seus irmãos. A cada tanto, mencionava o nome de uma mulher, sempre com o mesmo apelido. Só isso, sem pormenores. Então desviava o olhar enquanto cevava outro mate e se levantava para colocar a chaleira sobre o fogareiro.

VI

O coração ganhou do câncer. Costuma acontecer — disse-lhe o residente quando chegou ao hospital para identificar o corpo. Foi há tanto tempo que dele só resta o nome. Um nome e o que seu filho e alguns parentes se lembram. Se restasse algum vizinho, diria que foi alguém que à tarde pegava um banquinho, sentava-se na calçada e olhava o vento passar. As árvores que plantou antes de cruzar o Atlântico certamente queimaram em algum inverno nevado. Deixou uma mulher e um filho, algumas ferramentas, esfiapadas memórias de pouca coisa.

É o que ele teria dito de si mesmo: pouca coisa. Assim se desmerecia por não ter feito a América, por apenas ter aprendido um ofício que desconhecia, mas que bem ou mal lhe permitiu manter sua família. Diante de qualquer reclamação por não haver seguido a rota de seus conterrâneos, esses que rapidamente assimilaram a esperteza popular ou a enganação, erguia-se na cadeira da cozinha e solenemente pronunciava que ele era um... Enunciava seu sobrenome como se fosse um título de nobreza. Bastava dizer esse nome: a ética do pai.

VII

"Não a estique tanto; a corda pode se romper" — havia dito o pai dele ao seu em mais de uma ocasião. Nunca lhe contou o que lhe exigia nem a que resistia. O filho suspeitou que provavelmente teve a ver com o descumprimento de normas religiosas, com as obrigações e a disciplina que o tutor impunha na escola. Travessuras juvenis, sem dúvida, além de sua insistência em somar-se às tarefas do curtume em vez de continuar assistindo aulas que haviam deixado de lhe interessar. A advertência nunca se agravou. A contragosto, ambos respeitaram o acordo e a corda permaneceu intacta.

Quem sim a rompeu foi o irmão que abandonou a casa paterna. Destinado a seguir a trilha rabínica, ele, o adolescente mais estudioso e disciplinado da família, optou por outros livros sagrados. Afastado do vilarejo pela perseguição política, derramou sua fé entre operários portuários mexicanos. Rechaçado pelos achegados de Sandino, percorreu vilarejos e cidades centro-americanas. Conheceu a prisão e a violência desatada sobre o corpo dos crentes. Aceitou tudo — também a ruptura com sua família e suas origens– como quota de sua militância.

Do outro lado do oceano haviam ficado pais, irmãos, sobrinhos: futuros emigrantes alguns, cinzas os demais. Sem cartas e sem rastros. Vidas e mortes alheias. A entrega a um futuro idealizado em slogans; ao silêncio cúmplice.

VIII

"Você é quem vai rezar por mim quando eu morrer" — insistia com seu filho, chamando-o pelo mandato: "meu *kadish*". Ele mesmo havia deixado de dizer *kadish* por seus pais. Carregou em silêncio o luto pelos assassinados; sem prece, sem uma vela no duvidoso aniversário. Foi sua mulher quem se encarregou de fixar uma data, como fez com os mortos de sua família, anotando-a junto das outras na contracapa de seu livro de orações; acendendo as velas que permaneceriam queimando até a noite seguinte. Como tantos outros, ele seguiu carregando o culpado olhar do sobrevivente. Teria preferido perecer com eles ou lutar como o distante de quem nada sabia — murmurava ao sair das abatidas jornadas e desveladas noites. Isso dizia, ou nada.

Coube-lhe a vida insignificante em um país onde o parentesco mais próximo eram uns poucos conterrâneos e o "irmão de travessia" a bordo do Kościuszko. A essa vida comum se resignou. Não estava tão mal — ele dizia para si mesmo a cada tanto. Dia sim, dia não, ia à *La Fortuna* para se barbear e para se animar. Todas as semanas apostava dois bilhetes de loteria que o dono da banca guardava para ele: 28546 e 30162. Só chegou a ganhar a terminação. Tinha ternos feitos sob medida e em cada paletó um pente de osso e um espelhinho.

Os anos não conseguiram limar de todo a vaidade do jovem que em seu vilarejo havia posado para uma foto. Seguro de si mesmo, mostrava-se bem-parado diante da paisagem da cortina e atento a cada detalhe: o cigarro entre os dedos, os sapatos bem lustrados, o sorriso levemente sedutor. A foto estava destinada a uma mulher a qual sempre chamou de "a morena" ou "minha morena".

Ela se chamava como a que viria a ser sua mulher (que não era morena) e como uma vizinha, a quem o filho suspeitou que desejava. Seu verdadeiro nome e sobrenome permaneceram velados; só o apelido a conjurava.

IX

Atrás de tudo, na última gaveta da cômoda, seu pai guardava um rebenque — a única coisa que achou ao voltar a seu quarto de solteiro. Haviam-no roubado. Literalmente, pensou seu filho. Nada restou do que havia trazido no barco, nada do pouco que havia conseguido adquirir em Buenos Aires. Só um rebenque e o macacão que estava usando. Em algum momento chegaria a pensar que deixar-lhe o que alguma vez lhe serviu como uma arma tinha um valor metafórico. Deste lado do mar saberia como sobreviver aos saques e à sanha que acabou com sua família.

Era um rebenque tecido em fitas de couro marrom. Tinha uma alça para ser passada pelo punho e uma casa na outra ponta para poder segurá-lo com o dedo. Talvez porque fosse o único objeto que lhe restou do lado de lá, teve um valor sentimental que seu filho jamais deixou de respeitar. Por isso e por seu possível uso. Sua simples existência inspirava respeito e disciplina; além disso, segundo lhe contou seu pai, com esse rebenque afastou mais de uma vez aqueles que tentaram lhe roubar os couros que levava de um vilarejo a outro.

O filho gostava de ouvir essas histórias e imaginar seu pai puxando o trenó a cavalo ou manobrando sua bicicleta pelas montanhas. Gostava de ver um sorriso no semblante orgulhoso de quem soube, e sabia, defender-se; gostava de ouvir o que cantava para si mesmo enquanto vigiava as laterais do caminho e media o horizonte. Com certeza, além do cliente, alguém mais o estaria esperando.

X

Embora ir à sinagoga três vezes por ano fosse uma carga que aceitasse a pedido de sua mulher, a maioria das canções que entoava eram litúrgicas. Eram as que transmitiu a seu filho e que nele permaneceram. Entre elas havia uma que seu pai lhe havia ensinado, que este havia aprendido de seu pai e este do seu. É a reza do cantor do Dia do Perdão antes de passar a uma das partes mais comoventes e duras da jornada. Delegado ante Deus pela comunidade, este aceita humildemente a mediania de sua condição e roga que esta não perturbe o antecipado perdão e a divina sanção pela vida.

O filho se lembrava de várias das melodias preferidas de seu pai, mas sem saber por que, esta frequentemente aflorava em suas lembranças. Era uma melodia tradicional que passava do quedo balbucio ao reclamo, da demanda à entrega. Ao desmembrá-la e ao enunciar pausadamente cada uma de suas palavras, pensou se não eram as que seu pai repetia para pedir perdão a quem havia deixado para trás. No dia mais solene do calendário, não a Deus, a cujo silêncio e desídia responsabilizava pela morte de milhões, mas sim a suas vítimas. Não a Deus de Abraão, ao Deus de Isaac e ao Deus de Jacó, mas sim àqueles que seguiram por rampas, trilhos e chaminés. Aos órfãos de fé e de família.

XI

A guerra sempre esteve e continuaria estando presente. Desde criança soube que era algo intimamente seu, mas que também havia afetado quase todos os que conhecia. A guerra havia cerceado raízes e mutilado os ramos de sua família. Lembrava de si na escola e em atos comunitários; em imagens e filmes que seu pai via uma ou outra vez porque não se podia deixar de vê-las, de senti-las, embora não fosse mais projetada em uma tela. Para ele, tudo havia acontecido fazia pouco tempo. Não tinha sentido falar do tempo que produz a memória e o esquecimento quando a lembrança estava encravada em seus corpos. Para aqueles que haviam perpetrado o indizível, depois da justiça e do desejo de vingar os caídos, só cabia uma maldição: apagados sejam seus nomes.

Entre a incompreensão, os suspiros, a dor e a raiva, os que se salvaram, os *gueratevete*[1] dos campos e esconderijos sabiam que sua migração não tinha volta. Também o souberam aqueles que haviam chegado antes. Não havia para onde regressar. Mais do que nunca, no país do para sempre, seriam amparados pelas entoações de seu idioma, tão antigo como o que começavam a balbuciar e saborear.

[1] Em iídiche, aquele que se salvou ou escapou; sobrevivente. (N.T.)

Tinham a herança que portaram para a margem das fronteiras; farrapos centenários de fé, de contestatória sobrevivência.

As raízes estavam lançadas para adiante; as outras haviam sido arrancadas por completo. O pai, que havia lhe ensinado as herdadas, aprendeu do filho as melodias festivas que ensaiavam com um coro; também aquelas que cantava como solista nos casamentos. Pai e filho as sabiam de cor: "louvavam Aquele cuja autoridade, benção e grandeza se estende por todos os lados. Ele será quem abençoe os noivos". Conheciam cada uma das bençãos que precediam o instante em que o noivo quebrava a taça para lembrar que nenhuma alegria podia ser total desde a destruição do Templo de Jerusalém.

Cada vez que as escutava e escutava o ranger do cristal, o pai não podia deixar de pensar no cataclismo que afetou a todos os ali reunidos para celebrar a inominada sobrevivência. O impecável hebraico na voz de seu filho era um paliativo, o bálsamo que seus pais ouviam da rua, junto a entrada do templo, para depois voltarem juntos para casa.

De mãos dadas, o filho entre seus pais, caminhavam em direção ao ponto de ônibus. Às vezes em silêncio; outras, como que em agradecimento, cantarolando o que acabavam de ouvir.

XII

A corda nunca esteve esticada entre o pai e o filho nascido deste lado do mar, mas em mais de uma ocasião se deu um estica e afrouxa durante jantares aos sábados. A cada sexta-feira e para cada festa, a mãe acendia três velas em um candelabro desse seu lá cada vez mais distante. As cuidadosamente trançadas *challah*[2] que ela havia assado, aguardavam sob um pequeno manto que havia bordado durante a travessia. Antes de passar para a abundante seguidilha de peixe-sopa-frango ao forno com batatas-verduras-fruta e bolo, entoava-se o *Kidush*, a benção do vinho e do pão com a que se dava as boas-vindas ao *Shabat*.

O pai enchia a taça de vinho e, com a melodia que havia aprendido de seu pai, entoava a consagração do prescrito descanso semanal. Depois de beber um gole,

[2] Símbolo da culinária judaica, é um pão trançado, uma espécie de rosca que pode ser doce ou salgada. (N.T.)

passava a taça para sua mulher e filho. Então benzia o pão e o repartia depois de jogar um pouco de sal nele. Foi o que fez até que seu filho teve o *Bar Mitzvah*; a partir desse momento, cedeu-lhe essa função. Enquanto o filho pronunciava as palavras hebreias, o pai as saboreava em silêncio. O rito de cada sexta-feira e de toda festividade incluía que os três cantassem juntos as linhas que terminavam com a santificação do dia. Era então que o filho se desforrava por alguma desconsideração ou simplesmente por um embate bobo de adolescente: rapidamente chegava até o final omitindo a melodia que teriam compartilhado. Ele sabia quanto o pai gostava que cantassem juntos; sabia que, ao ouvi-los, os olhos de sua mãe se voltavam ao passado; sabia o desgosto que causava ao deixar de fazê-lo.

Só muito depois, quando, como sempre, já não poderia remediá-lo, sentiria o ferrão dessas poucas notas ausentes, a vedada alegria, o silêncio entre cada prato. Mas também havia aprendido como quebrar esse silêncio e mitigar o abatimento cantando, entre cada prato, melodias hassídicas ou sefarditas. Era o modo de se reconciliar com seus pais, uma vindicação que o olhar cúmplice do pai recolhia enquanto se servia de meia taça de vinho.

O pai nunca chegou a saber que, ao longo de toda sua vida, o filho continuou defendendo-o da temida ira dos céus. Quando em suas orações cotidianas chegava ao parágrafo em que, entre outros, se condenava aqueles que deliberadamente transgrediam os preceitos rituais, omitia o que teria podido aludir a ele. À margem do que seu pai fizera ou deixara de fazer das 613 ordenanças, ele jamais se somaria àqueles que o impugnavam três vezes por dia.

Se seu pai tivesse sabido, com o sorriso gozador que o caracterizava, teria lhe dito "é tudo bobagem". Era seu modo de abraçá-lo com o olhar; soma de compreensão, ironia e amor.

XIII

Nem bem descia do ônibus, podia ouvir o ritmo compassado dos teares. Quarteirões e quarteirões de pequenas oficinas têxteis até chegar a um portão entreaberto. Um pátio com tecidos que aguardavam a camionete que as levariam para algum lugar. Uma diminuta cozinha à direita; na frente, o galpão que seu pai alugava. Quatro teares e uma bobina: sua América.

Enquanto o atador — "o chileno"— preparava a fiação de um dos teares, viu como revisava os outros, carregava as lançadeiras, levava cones de fios para a bobina...

Foi um reflexo vê-lo e perguntar:

— Quer um mate?

Pegou a cuia, a erva e a chaleira e saíram para o pátio. Sentaram-se no banco que estava sob a única árvore.

— Você ainda se lembra como você gostava de manejar a bobina?

Lembrava; sempre lembraria disso. Não perguntou a que se devia essa visita. Ele já diria. Por outro lado, tampouco era tão inusitado. Fazia isso a cada tanto porque havia ido à casa de um aluno pela região ou porque sim, porque sentia uma indevida nostalgia do martelar dos motores, do cheiro de óleo, do tecido recém cortado, do falar pouco e em voz alta ou aos gritos vendo como as tramas subiam e desciam, como as lançadeiras disparavam ritmicamente e as maldições quando os fios se cortavam e então aturdia o calado estar dos motores.

É muito simples, havia lhe dito seu pai: "Ou você estuda ou vem comigo para a oficina". Depois de muito tempo, ocorreu a ele pensar nessas palavras, ditas em iídiche, claro. Então entendeu que seu pai deveria ter escutado a mesma coisa quando ele chegou à adolescência: "*Yeshivá* ou curtume": talmude ou couros.

Ambos souberam o que responder.

XIV

Não só da bobina. Também se lembrava do mate em algum momento da noite. Na sua casa, na que ficou do outro lado, sempre havia tomado chá em um copo que sua mãe servia fumegante. Seu filho esqueceu de lhe perguntar se, como fazia um dos seus tios maternos, lá se colocava um quadradinho de açúcar entre os molares para adoçar cada gole.

Deste lado, o chá era servido em xícara e os quadradinhos eram tirados do açucareiro com uma pequena pinça. Isso, quando chegava uma visita — sempre imprevista e sempre bem-vinda, embora interrompesse a sesta. Quase sempre se tratava de tios e primos que desembarcavam com uma garrafa de *Ocho Hermanos* e uma bandeja de massas; algumas, a propósito, recheadas com doce de leite ou creme chantili. Era a ocasião para cobrir a mesa da sala de jantar com uma toalha bordada e tirar o jogo de porcelana. Da cozinha saíam as bandejas com o tradicional pudim de mel e o *strudel* de maçã que, antecipando o que estava acontecendo, a mãe havia preparado na sexta-feira à tarde.

O resto da semana tinha cheiro e sabor de *Cruz de Malta*, de mate[3] antes de sair para a oficina. — *Vilst a mati?* — perguntava em iídiche, como sempre. E do mati passava para o mate quando lhe advertia: — Cuidado, está quente. — Sem abrir os olhos, o filho tomava o mate, sempre doce, e se devolvia ao sonho.

Quando tomava café da manhã na cozinha com sua mãe, sobre a mesa via o mate e a bomba. Tinham sabor de bom dia; ao continue dormindo do pai às quatro da madrugada.

[3] Erva-mate. (N.T.)

XV

Dava na mesma escutar *mate, mati, te* ou *tei*. Eram palavras de um mesmo idioma que se deslocava de uma língua a outra. Seus pais falavam o que chegou de barco, o primeiro que ele havia aprendido. Lentamente, pela rua e escola noturna foram incorporando o som que desde o porto se apossou de corpos migrantes, de todos aqueles que foram descendo pela rampa para o cais, para a inspeção sanitária, o carimbo nos passaportes e para ruas de paralelepípedos com nomes irreconhecíveis. Eram sons que foram adequando a suas origens; sotaques que foram povoando certos bairros da cidade.

O iídiche era o ser, o sentimento e a prática de uma cultura com ramos que iriam se desfiando em diásporas e gerações. Em iídiche havia amadurecido uma das grandes literaturas europeias; em iídiche foram datilografados da direita para a esquerda manuais para o viver cotidiano e periódicos que traziam as notícias do mundo, avisos e anúncios; em variantes do iídiche se alterava a pronúncia do sacro hebraico, vivia-se e respirava-se, trabalhava-se e fazia-se amor. Mas para o filho, como para tantos jovens dessa primeira geração, era a marca do estrangeiro. Entendiam, mas respondiam no idioma do seu país; era incômodo quando, no ônibus, se queria passar desapercebido. Só quando alguns chegaram à idade de seus pais é que começaram a reconhecer que só em iídiche se podia dizer certas coisas sem que perdessem o sabor da nostalgia; que suas pragas eram as mais criativas; que aqueles que não o aprenderam careciam do baú das lembranças; que depois da guerra — desta vez a segunda — falar iídiche era sustentar a origem e homenagear aqueles que foram emudecidos.

Isso viria muito depois. Em sua tenra adolescência, já falando o hebraico que sua mãe começou a lhe ensinar antes de levá-lo ao jardim da infância, o filho provocava seus pais dizendo-lhes que esse era o idioma que perduraria, que não falaria em iídiche com seus filhos. Criancice — dizia a mãe destacando cada sílaba. O pai, com um olhar fanfarrão, provavelmente lembrava de sua própria insolência nessa idade.

XVI

O pai confiava nesse único filho, embora sabe-se lá quanto. Durante o dia, raras vezes se cruzavam: horas extras na oficina (turno dobrado, às vezes), dupla escolaridade; medidos almoços para não perder o ônibus ou o trólebus; apressados jantares para terminar os deveres. "O trabalho antes de tudo" — dizia-lhe. Adicionou esse lema, a ordem paterna, ao mate em noite fechada.

Sempre foi de poucas palavras. Quando considerava imprescindível, podia complementá-las com um piscar de olhos, um gesto ou um daqueles olhares que convinha evitar. Quem falava era a mãe. Dela se aproximavam os vizinhos; a ela chamavam seus irmãos, um par de cunhadas e um sobrinho que lhe confiava seus segredos. Lúcida, moderada apesar de seu riso contagioso, comandava e pacificava. Marido e filho costumavam lhe dar razão quando aconselhava. Seus irmãos, todos mais velhos, também o faziam. Talvez ouvissem a mãe que domesticava o rechaço e a ira. A voz da lembrança.

Todos a estudar; com uma carreira não teriam que se sacrificar como nós, nem teriam que... Era a cantilena que a geração nascida no país ouvia a cada reunião familiar. Terminado o sermão, os mais velhos baixavam suas vozes e passavam ao iídiche para falar de política, do presidente de turno ao qual dissimuladamente sempre chamaram de "o rei".

Não, você não tem que decidir isso já — continuavam quando estavam os três sozinhos —. Você mal começou o secundário, mas pense nisso. E esse pense nisso continuou ressoando. Foi refinado a "engenharia não estria mal — você gosta de matemática — mas como contador jamais te faltará um peso. Isso provavelmente seja o melhor para você: contador".

O peso que faltava: nem metáfora nem alegoria. Soube mais, muito depois: às vezes faltava.

XVII

Acostumado a que certas lembranças aparecessem inesperadamente, o peso que faltava o devolveu ao encontro em Viena; no começo talvez porque a ela nunca tenha faltado. Olga lhe devolveria a alegria depois de ter estado em um país condenado à ignomínia. A cumplicidade da maioria de seus habitantes com o invasor já não o surpreendia; os nazis souberam onde construir os campos de concentração e extermínio. Apesar de séculos nessas terras, das tradições e culturas que ali engendraram, da resistência e dos poucos que se arriscaram por seus vizinhos, nele perduravam feridas e restos, ossos dispersos, crostas e cinzas. Muitos ainda eram criados sendo amamentados pelo ódio antissemita — disse para si mesmo. Havia visto e sentido isso na delegacia de um vilarejo que não era qualquer um: desse lugar procediam seu pai e o tio que de tudo foi testemunha; de algum modo, embora quisesse repudiá-lo, também era desse vilarejo. Por isso ligou para ela da casa de seu tio.

Até então, Olga havia sido uma das poucas mulheres com quem sentiu que poderia navegar sem exigências nem reclamações. Juntos desfrutavam os encontros, a proximidade e até o fim de semana que vem, e claro que ligarei antes. Nem bem o escutou, Olga se apressou a fixar um itinerário que lhe permitisse esperá-lo no aeroporto. Não falavam de amor, mas o que quer que fosse a levou a tirar licença no último momento para encontrar-se com ele; algo o levou a ligar para ela de Varsóvia e perguntar se...

Agradava-lhe como se vestia, como combinava seus "acessórios", como sabia que perfume lhe agradaria. Por ela, ele também apostava na elegância. Viam-se bem em teatros, concertos, passeios por ruas e parques. Sabiam buscar-se e encontrar-se de maneira brincalhona, enredar-se e desenredar-se nos lençóis de seda que ela cuidadosamente desdobrava. Ele procurava sua boca com sabor de menta; cativado da vermelha cabeleira, deslizava por sua brancura deixando o rastro do retorno rumo à escassa penugem que o aguardava. Sedentos ambos, bebendo-se como haviam aprendido a fazê-lo, apertando-se ao máximo e cada vez mais dentro e mais próximo e as batidas do coração e gemidos que chegariam ao suor e à calma e à timidez que ela jamais perdeu.

Viena foi isso e muito mais no primeiro dia. Rendida, refugiou-se na espuma da suntuosa banheira do Intercontinental. Quando depois de uns minutos levou-lhe uma taça de vinho, viu que estava deslizando e teve que tirá-la rapidamente da água segurando-a pela cabeleira. Algo desconcertada, Olga abriu os olhos. Entendeu que havia adormecido e que ele havia salvado a sua vida. — Não exagere, disse, abraçando-a. Enrolados em toalhas, deitaram-se. Depois de uns minutos, as jogaram no chão; estavam nus, um só corpo em dois, uma só respiração.

Ambos sabiam que em algum momento apareceriam as perguntas do depois. Demoraram alguns anos para enfrentá-las, embora a cada tanto se insinuasse o inevitável. Quando ele quis comprar uma casinha perto do seu trabalho e comentou que o que ele tinha economizado não era suficiente, Olga não duvidou em oferecer-lhe o necessário. Depois de tudo — disse sorridente– você salvou a minha vida. Contei para o meu pai — acrescentou–. Achou que tudo bem, mas quer que nos casemos.

Como seu pai muito antes, também a ele ficaram faltando alguns pesos, mas não para cobrir necessidades ou urgências. Aconteceria várias vezes ao longo de sua vida. Em momentos como esses — a verdade é que sempre, se corrigiu– quando eram imprescindíveis, o filho lembrava o atinado conselho de seu pai, palavras pontuais de um homem mais para reservado.

Olga compreendeu que o já compartilhado não lhe garantia os dividendos que havia ansiado. Em algum momento o propôs com a mesma parcimônia que tinha para analisar os orçamentos de seu trabalho. Os encontros foram se espaçando até que, sem nenhum rompimento, deixaram de se ver.

Muito depois ficou sabendo que passado algum tempo Olga havia se casado com um senhor um pouco mais velho que ela, que estava bem e não, não tiveram filhos.

XVIII

Do peso que faltava para Olga. No começo essa associação lhe pareceu estranha, mas já havia se acostumado a suas inusitadas transições. Além disso, fazia muito tempo que não prestava atenção nem lhe interessavam as explicações que mais de uma especialista teria lhe oferecido. Por hábito profissional, digitou seu nome; não a encontrou nas redes sociais. Talvez estivesse, mas com o sobrenome de casada. Olgas demais na lista para continuar procurando. Até ali, sua curiosidade por saber algo mais de quem fora por um tempo parte de sua vida.

O que não o abandonou era a lembrança desse peso que faltava e que ocasionalmente se solucionava com uma visita ao carvoeiro. Nunca soube seu nome; era o "carvoeiro"; um homem que na época lhe pareceu extremamente alto, vestido com roupa que não conseguia dissimular a fuligem que também lhe cobria o rosto. O filho não lembrava com que frequência vinha à sua casa, mas sim do som de seus passos ao entrar no pátio e descarregar dois ou três enormes sacos de carvão. Enquanto sua mãe lhe pagava e embrulhava para ele um pedaço de torta de mel, o carvoeiro indefectivelmente se agachava para ficar da sua altura e, em iídiche, lhe perguntava o que havia aprendido no colégio naquele dia. Com o pacotinho na mão e com uma gentileza que se transbordava em nostalgia, saía dizendo "Muito obrigado, senhora. Sabe de uma coisa? Tem o sabor da que a minha mãe fazia no vilarejo".

Às vezes, quando já estava anoitecendo, se já havia terminado os deveres, o filho saía com a sua mãe para a casa do carvoeiro. De mãos dadas, caminhavam vários quarteirões, atravessavam duas avenidas e entravam por um longo corredor até o apartamento do fundo. Ali, em um pátio bem iluminado estavam o carvoeiro e sua mulher — ela era baixinha, lembrava, mas talvez só parecesse assim ao parar perto dele. A essas horas, o carvoeiro tinha outro semblante e outra roupa, mas nunca deixou de se agachar para perguntar-lhe o que havia aprendido no colégio naquele dia. Depois de trocar algumas palavras, a mãe guardava um envelope na bolsa e empreendiam a volta para casa.

Outras vezes, o envelope fazia o caminho inverso.

XIX

"O trabalho antes de tudo", ouvia o filho diante dos deveres do colégio. Só ao terminá-los podia brincar. "Primeiro o trabalho e depois a brincadeira", enfatizava o pai, a título de despedida quando saía para cumprir horas extras. Provavelmente isso o mantinha, assim como à maioria em jornadas de oca esperança. Modos de pedalar a roca quando o tempo era medido em quinzenas e moratórias.

Seu descanso era o mate; sair para a rua e sentar-se perto do vizinho do terceiro andar. Outro imigrante no país dos sotaques. O seu era um espanhol imerso em raviólis com molho. Do pai ficava sabendo de algo chamado *cholent*[4] em frases com inusitados ditongos. Sentados um perto do outro em banquinhos feitos por eles mesmos, vestidos como se fossem gêmeos, contavam um ao outro o que haviam escutado no rádio, o último episódio de algo que o outro não conhecia, as manchetes dos jornais que pareciam narrar crônicas alheias ao país em que haviam aportado. Cumprimentavam os que passavam a seu lado e que às vezes paravam para oferecer-lhes conversa e cigarros.

[4] Guisado tradicional da culinária judaica. Geralmente é cozido durante a noite por 12 horas ou mais e servido no almoço de *Shabat*. (N.T.)

Ao se recordar de cenas que ele apenas interrompia com um longo "com licença" para sair e chutar com outros uma bola de pano, pensou se esses instantes não eram uma forma da felicidade. Teria qualificado de "felicidade operária", "alegria de pobre", mas em que se diferenciava da sua depois de tanto estudo e diploma? A conversa amável, o respeito entre aqueles que jamais abandonaram o tratamento de senhor nem tentaram saber mais do que o outro estava disposto a contar. A rua, o rádio, o trabalho, a escola dos filhos, a comida, os silêncios e o quem sabe e tomara quando mudar o governo, não acha? Assim se referiam ao país que agora chamavam de seu.

XX

Era outro o país que viam na exposição da Rural. Então a cara do pai parecia iluminada por uma pátina de orgulho. Passeava seus olhos como se tivesse participado na criação do gado, como se ele estivesse montando um dos alazões, como se já tivesse utilizado algumas das novas ferramentas que mostravam nos pavilhões industriais. Segurando-o pela mão, contava ao filho algo da vida do campo do outro lado, do lado que já não poderia nem gostaria de voltar a ver. Apontava o que nunca havia visto lá, o tamanho de alguns exemplares bovinos, lia incrédulo os milhares de litros de leite que produziam algumas das raças que estavam competindo ali, parava fascinado diante de animais que ostentavam medalhas. Era sua festa, uma festa para a qual havia colocado terno e gravata e o sobretudo que o abrigaria do vento que cortava naqueles agostos.

Para o filho havia amostras de presente e algum chaveirinho que guardava no bolso enquanto comia o segundo torrone. Nesse percurso, não tinha que imaginar como eram os *gauchos* que apareciam nos livros de leitura. Ali estavam, exibindo facões e esporas, chapéus e ponchos junto a peões mais modestos com boinas e bombachas, eram os que escovavam os cavalos e os aprontavam para o desfile e as demonstrações de destreza. E, também estavam os outros, os que pareciam ser seus donos, com o olhar fixo nos animais mais do que naqueles que lhes falavam.

Iam todo agosto; às vezes mais de uma vez. Passavam horas percorrendo pavilhões; horas em que o iídiche parecia vir de outro lugar para descrever o que viam em *criollo*[5]. Isso foi o que ficou para o filho, mais do que os camponeses em cada categoria — era preciso ver todos —. Olhar para o seu pai que segurava fortemente sua mão

[5] Descendente de espanhóis nascido na América. (N.T.)

para não o perder entre a fumaceira da carne assada e os amigos do alheio. Ouvi-lo e saber que ele também estava contente de estar ali, em um lugar que ano após ano lhes oferecia essa homenagem.

XXI

Sabedoria de folha impressa — sancionaria o filho ao começar a se ver de outro modo. Pouca vida fora da que achava encadernada. *Di Presse* era o mundo de seus pais. "Não o critique se você não leu..." — admoestava-lhe o pai depois de citar certos colunistas e as matérias que haviam saído nesse dia. Seu universo estava imerso na coleção "Robin Hood": em Emilio Salgari e Jack London, em Mark Twain e Júlio Verne. Aventuras que o acompanhavam depois de ler Sholem Aleijem e outros clássicos da literatura iídiche. Dever e diversão.

A presunção adolescente, a conseguinte ignorância, foram se dissipando junto ao desdém por um idioma com matizes regionais que considerava pouco prestigioso. Assim os havia engavetado, assim lhe soavam por carregar a marca do estrangeiro, do recém-chegado que não compartilha um passado nessa terra porque tinha ressaibos de perseguição e bairro fechado, porque aqueles que o falavam tinham feriados que sempre caíam fora de hora. No país de um só hino, da bandeira, do escudo e da roseta para todos, inclusive para ele, não deixou de perceber o não pertencimento. Teria preferido ser parte de uma família que falasse só um idioma, que carecesse de divergências em torno de como se dizia aqui ou lá, que não tivesse estampado o proibido, que não requeresse um terceiro ou quarto idioma para sussurrar seus segredos.

O rechaço e o incômodo cederam quando adotou o maltratado iídiche como o único nexo com os dispersos pelo mundo. Com todos, salvo com o "tio galego" que em má hora havia voltado para a Polônia; com ele podia gozar sua própria língua. Com os demais, a outra, que também era sua. Era com essa que navegaria pelo oceano que seus pais haviam atravessado.

Foi aprendendo que para além do funcional, o iídiche possuía um caudal de expressões para enfrentar o mundo; que certas pragas só tinham sentido ditas com sua ênfase; que o posto em boca alheia vertia a falsidade que havia percebido no teatro de Varsóvia. Não lembrava que seus pais o teriam usado para instruí-lo mediante histórias com moral. Mas aprendeu muito ao ver como seu pai ajeitava a marteladas um prego torto e quando se agachava para apanhar um parafuso ou arruela que para algo deveriam servir. Em algum momento o encontrado sobre a calçada era o que precisaria. Era como saber dizer as coisas em um idioma cuja intimidade jamais seria substituída por outra.

XXII

A casa era o mundo afetivo, embora às vezes só o notasse ao fechar a porta. Tudo se dizia e se sentia em iídiche. O lá fora se fazia presente em polonês: o idioma compartilhado com aqueles que trabalhavam no curtume, o das transações. Mas o filho só ouviu esse idioma de puras consoantes e trava-línguas quando, a julgar pelo tom, seu pai enviava para alguém a um remoto paraíso e a se congratular com suas origens e parentes, ou quando a mãe informava sobre o que o filho não devia entender. Sendo criança, dela havia aprendido a dizer em polonês "não lhe diga nada". Soube usá-lo para evitar as consequências de alguma travessura.

Embora a família tenha falado polonês durante dois ou mais séculos, já não passaria para a geração seguinte. Como tantos outros idiomas, havia sido necessário para transitar de uma estação a outra em um longo exílio. O pai nunca desmereceu o que nele e nesse país de flutuantes fronteiras se havia produzido, mas não era seu. O próprio se escrevia da direita para a esquerda e carecia de limites e nacionalidades. O iídiche era trans; ser judeu era trans. Uma língua para se entender em comunidade; outra, para seguir inscrito na tradição. Os outros idiomas eram para viver e sobreviver entre os povos que o permitiam, até que deixavam de fazê-lo.

O filho sabia que não tinha sentido tentar refutar os argumentos do pai com nomes e biografias daqueles que haviam se integrado e contribuído com o que consideravam países de passagem. Seu próprio irmão, o "tio galego", era o exemplo mais próximo daquele lado; seu filho, o que lhe falava em uma de suas duas primeiras línguas, o mais eloquente deste lado do oceano. Não tinha sentido continuar discutindo porque o pai segregava o polonês — como sua mãe fazia com o polonês e o ucraniano– pelos crimes cometidos durante a guerra. O ódio, cifrado em todas suas consoantes, era pelos vizinhos e amigos que os haviam traído, pelo antissemitismo que soava ainda mais perverso na língua que haviam compartilhado.

O novo idioma — o que o pai continuava aprendendo com um sotaque que jamais o abandonaria — carecia desse estigma. Está muito bem, e sim, claro que estamos bem aqui, mas não se esqueça — exigia o pai–comigo, você fala em iídiche.

XXIII

E por muito tempo cumpriu. Falou-lhe em iídiche e foi em iídiche que escreveu cartas e postais a seus pais, aos tios que viviam na França e a primos em segundo grau que haviam nascido em Nova Iorque. Foi o idioma de praxe na escola primária — na da tarde-, até que lentamente foi cedendo ao hebraico, língua oficial de um estado que também ostentava símbolos pátrios e uma bandeira alviceleste que se parecia com a que saudavam todos os dias na escola matutina.

Desde muito pequeno havia se acostumado a dois modos de pronunciar as coisas e a chamar os pratos que seus pais lembravam de sua infância. Até havia aprendido a reconhecer outros sotaques do iídiche e a fixar seu lugar de origem, mas o hebraico pronunciado com variantes alheias à correta, à sua modernidade, transformou-se em um desafio onomatopeico. "Pititico" definiu graciosamente uma das súplicas enunciadas metodicamente por sua mãe; o modo como o pai às vezes dava a volta no "l" ficou como um desafio inimitável.

Chamar certos pratos por seu nome era o único modo de reconhecer seu sabor e, embora a mãe fizesse certas coisas do seu jeito, quando o pai as provava o fazia com seu nome "original". Sentado entre eles, o filho se divertia com seu pingue-pongue linguístico sem saber que para eles era invocar o que haviam perdido. Coincidiam no aprendido no país. O novo, o que para eles era novo, só tinha um nome. Um modo de aceitar — ocorreria a ele muito depois — que seus destinos já não passariam por outro porto.

XXIV

Dependendo do lugar de origem, em iídiche exílio se diz *gules* ou *goles*. Variante, esta última, para uma revista de futebol; também para contabilizar um bom fim de semana. Tecnicamente — arguia cada vez que o assunto surgia– o último exílio judeu se pronunciou sob o império romano. Sair da Europa não era franquear fronteiras rumo a um novo exílio, nem ser desterrado, nem subitamente estar na diáspora. Nela já estavam. Mas essas precisões sucumbiam diante da palavra que em iídiche designava de onde havia partido quem já balbuciava outros sons.

Heim, *di alte heim*, a casa, a velha casa era o que haviam deixado. Não requeria maior precisão. Era a de que se tinha saudades, o lar frequentemente embelezado com os matizes da nostalgia, com o suspiro que mitigava a miséria. Um lugar que transcendia limites e idiomas nacionais para sempre estrangeiros. Como a entonação que usavam ao pronunciá-lo, *heim — haim*, também era trans.

Em casa se fazia assim, se dizia assim. O filho sabia distinguir a que casa se referiam seus pais, seus parentes e o bando de conterrâneos que a cada tanto via tomando chá em volta da imensa mesa da sala de jantar. Mas para ele só havia uma casa, a nomeada com essas quatro letras e não com as outras quatro. Aquelas eram história; a sua era o presente e o que tantos imigrantes consideraram terra da promissão. A terra prometida estava em outro lugar e se escrevia com as letras de seus outros alfabetos. Esta era a sua.

Também seria a de seus progenitores e dos que vieram décadas antes, daqueles que estavam sob uma bilíngue estrela de mármore. Mas isso iria aprendendo no decorrer dos acontecimentos. No início tudo fluía; podia passar de um idioma a outro e escrever em ambas as direções sem pensar que não era o que fazia a maioria de seus companheiros. Isso era feito também em outras comunidades — mas saberia disso depois–. Compartilhavam a singularidade de ser descendentes de imigrantes, de pais e avós que não haviam apostado em apagar seus sinais de identidade e sim em gravar o pertencimento a uma herança que era compatível com o novo país. Uma herança que também havia sido compatível em muitos dos países que por diversas razões abandonaram. Havia sido... até que ele selou o trânsito para outro lugar.

XXV

De uma cidade a outra e depois de trem até o porto para embarcar rumo a Buenos Aires. Ele não partia como o irmão que se dedicou a semear células no México e na América Central até que a República espanhola lhe concedeu outro destino. Ele vivia confortavelmente com sua família; trabalhava com seu pai e outro irmão. O curtume rendia e lhe agradava, especialmente quando conseguia refinar algum couro para filactérios. Não carecia de amizades nem das diversões próprias de sua época e sua região. Também tinha um amor: "a morena".

A bisavó que tinham em comum os havia aproximado. Sendo crianças, compartilharam brincadeiras com outros primos durante a sobremesa dos mais velhos. As famílias se visitavam com certa frequência apesar dos 20 km de distância que separavam os dois vilarejos. Com pouca diferença de idade, pareciam compartilhar os mesmos interesses, se bem que ela estivesse mais voltada aos estudos. Já adolescentes, foram se aproximando. Um toque de mãos, de mãos dadas em um passeio perto do rio que dividia o vilarejo, um beijo de despedida e tomara que você volte logo.

E voltava. Afortunadamente, o vilarejo da morena ficava na rota que fazia por razões de trabalho. No inverno levava os couros em um trenó puxado por cavalos; quando os caminhos se desobstruíam, ia de bicicleta de um lugar a outro para cobrar ou receber. Sempre conseguia fazer uma escala para visitar esses parentes distantes — não entendo por que te interessam tanto, nós só temos um distante vínculo com eles — sua mãe costumava lhe dizer, uma mulher cingida no rigor das obrigações. O pai, lembrando sua própria juventude e as cavalgadas que havia feito nessa idade, calava. O filho olhava para ele e reconhecia um sorriso atrás da densa barba. Era um piscar de olhos, um gesto cúmplice. Em um momento que então não podia antecipar, ao fazê-lo algumas décadas depois com seu próprio filho, reconheceu que também isso havia herdado do patriarca.

A timidez e a discrição faziam sua parte, mas, mesmo assim, conseguiam se ver cada vez que ele a avisava que passaria por ali. Haviam encontrado um lugar resguardado perto do rio onde podiam se encontrar sem que os vissem e fossem sujeitos a interrogatórios e falatórios. Entre beijos e abraços contavam para o outro o que haviam feito desde a última vez. Quase sempre se diziam a mesma coisa; suas vidas não variavam. Mas nada disso tinha importância. Ele a acariciava com ternura, deslizava uma mão pela negra cabeleira que ela soltava nem bem o via chegar. Sabia que para ele era "a morena"; ninguém mais a havia chamado assim e ninguém mais o faria.

Os encontros foram se estendendo. Tiveram que inventar novas desculpas para as demoras (inverossímeis para uma das mães) e para justificar o cabelo desarrumado e os amassados no vestido (para a outra mãe). Ela escondia os presentes e as fotos que ele lhe dava. Embora suas dedicatórias fossem discretas — assinava "teu amigo" ou "um amigo" — sua frequência não deixaria dúvidas para quem as visse. As despedidas se tornavam cada vez mais penosas.

Ele estava consciente dos limites que devia observar; ultrapassava-os no prostíbulo com uma cigana, sempre com a mesma. A única diferente das polacas e das russas no que mais lhe importava. A cigana o entendeu desde a primeira vez. Com um gesto de abandono, esperava-o perto da cama. Rodeando seu pescoço, deixava que ele a despisse lentamente, que a lambesse e mordesse os mamilos, que retendo-a próxima, deslizasse uma mão para abri-la, que levasse seu aroma à boca, que só então retirasse o lenço que cobria sua cabeça e, com a cabeleira retinta sobre as costas, a virasse e a penetrasse com o fervor de uma tarde de verão junto ao rio.

Como sempre, eram intensas as nevascas de um inverno que não terminava de se despedir. Embora não fosse mais vil, esse de 1935 lhe pareceu mais implacável. Era como se já antecipasse a queda que a todos arrasaria quatro anos depois. Passaram meses sem poder se ver, sem nem sequer se falar. Toda a região estava congelada em seu lugar. Quando finalmente conseguiu sair de trenó, não conseguiu avisá-la. Fez uma visita de cortesia a toda a família. Eles se viram, mas mal puderam trocar alguns olhares sob a vigilância materna. Desta vez não retardou a partida e empreendeu o retorno para sua casa sob uma tormenta de granizo. Trespassado de frio, encontrou-se, depois de várias horas, na entrada do vilarejo.

Quando algumas semanas depois recebeu umas linhas pedindo-lhe que lhe avisasse quando voltaria a visitá-la, percebeu uma mudança de tom em sua letra, em seu cumprimento. Pela primeira vez, retardou a viagem. Queria esperar que o caminho ficasse desobstruído para ir de bicicleta — disse a ela. Pedalar longas distâncias era seu modo de celebrar a chegada da primavera ou de postergar algo que temia.

A roupa da temporada havia chegado justo a tempo para estreá-la quando se vissem. Para isso a havia pedido. Ao montar na bicicleta, ajustou o rebenque no punho esquerdo e segurou o ilhós com um dedo caso fosse necessário descarregar um golpe. Viu sua morena dirigindo-se ao rio e acelerou. Nem bem se viram, notou que alguma coisa havia acontecido. Ela se manteve distante e, como se tivesse ensaiado a cena, disse-lhe em um só disparo que seus pais haviam combinado seu casamento com alguém de Varsóvia, um homem abastado que... Ele não ouviu o resto. Seus olhos a interrogavam, exigiam saber o que ela havia dito, por que havia aceitado. Mas não disse nada.

Pelo caminho, jogou fora o que tinha levado de presente. Desta vez não assobiou algumas de suas canções favoritas; seguiu em silêncio por vários quilômetros, desviando do caminho para sua casa. Ao chegar ao prostíbulo, agarrou pela mão a primeira polaca que se aproximou dele.

XXVI

Na viagem para a cidade portuária tentou relegar os últimos meses a um esquecimento impossível, ocultá-lo sob o que esperava descobrir no país do qual pouco sabia. Tinha em suas mãos o manual para imigrantes — embora ele não o fosse– e havia lido um folhetim em polonês sobre as maravilhas que aguardavam o turista. Seu pai lhe havia fornecido crônicas em iídiche muito menos animadoras. Numerosos testemunhos o descreviam como *treif land*, terra não apta para aqueles que seguiam os preceitos judaicos. Como havia lido romances sobre o submundo de Varsóvia, não o surpreendeu ficar sabendo que até ali haviam chegado criminosos judeus envolvidos no tráfico de brancas. À medida que ficava sabendo das sombrias manobras da Zwi Migdal[6], aumentava sua indignação pela decepção, pelo engano com que haviam manietado tantas jovens provenientes de famílias mergulhadas na

---

[6] A Zwi Migdal foi uma organização criminosa formada por pessoas ligadas à comunidade judaica do Leste Europeu e que operou a partir de meados do século XIX até a eclosão da Segunda Guerra Mundial. Era dedicada especialmente ao tráfico de mulheres destinadas à prostituição. (N.T.)

miséria. Foi recolhendo outros dados, mas apesar de se sentir advertido, não renunciou a um plano que não era tal.

Diante dos para que e por quê justamente ali, tão longe, você não vai ter ninguém conhecido, e com que judeus você vai se reunir, tentou tranquilizar seus pais: queria sair um pouco, ver como era esse mundo, voltaria depois de um ou dois anos. Além disso, acrescentou, viajaria com um amigo que já havia se comunicado com alguns conterrâneos em Buenos Aires que iriam buscá-los no porto. Em uma última tentativa para apaziguá-los, tirou o passaporte e mostrou-lhes um documento com vários carimbos. Escrito em um idioma desconhecido, declarava que tinha visto de turista.

Desta vez não achou o olhar cúmplice de seu pai nem a tranquilidade nas lágrimas que sua mãe não tentava esconder. Duas filhas já haviam partido com seus maridos para Cuba; sabe-se lá por onde andaria o outro filho e agora este dizia que ia a passeio, que voltaria.

O jantar na véspera da partida foi silencioso. No dia seguinte, as recomendações, bênçãos e abraços tinham gosto de despedida sem retorno.

XXVII

Quando já não restavam rastros daqueles que havia deixado, reclinou-se no assento. Logo aqueles que povoaram seus dias e suas noites passariam a outra memória; também as ruas de seu vilarejo e alguma vereda, os rios e lagos que havia conhecido desde sua infância, os caminhos que foram rotina e felicidade.

Seu amigo sorria aliviado. Havia conseguido se desligar de sua família, romper com aqueles que o teriam condenado a uma vida que desprezava, a uma pobreza da qual não podia escapar se ele se entregasse a ser sapateiro, como o haviam feito seu pai e seu avô.

Sentados frente a frente no trem, tinham muito pouco em comum. Depois de haver compartilhado algumas aulas com um rabugento encarregado de ensiná-los a ler as preces em hebraico, uma ou outra vez se viram caminhando pela rua. Coincidiram na apresentação de agentes latino-americanos encarregados de promover a imigração para seus países. Consideraram o que lhes era oferecido e combinaram a partida.

Ele não tinha vontade de falar nem de ouvi-lo, mas teve que tolerar o entusiasmo com que esbanjava planos e iniciativas. Sua voz lhe lembrou sua fama de gritador e as vezes que o professor havia chamado sua atenção descarregando perto dele, ou sobre ele, o temido pau com que impunha disciplina. — Roiter, não grite tanto lá! — disse ao ruivo um de seus irmãos. Foi seu modo de se despedir dele.

As palavras que mal ouvia se dissipavam junto à paisagem que logo deixaria de ser sua. Nem as razões nem as metas da viagem os aproximariam. Duas passagens de ida e uma de volta.

XXVIII

Designaram-lhe um camarote para oito homens; não conhecia seis deles. Com alguns começou a trocar umas palavras em iídiche. De maneira geral, a conversa girava em torno de onde e o que fará quando chegarmos e tem parentes e claro que é preocupante o que está acontecendo na Alemanha e espero que não haja guerra e deixei os meus pais e sim, eu mandarei buscá-los nem bem economize para a passagem e não foi fácil deixar minha mulher e meus filhos, tão pequenos...

O som rítmico dos motores lhe resultava familiar. Nos primeiros dias se perdeu pelas escadarias que levavam até o refeitório; se desorientava entre os estreitos corredores que repetiam as portas dos camarotes. A algazarra das famílias entrincheiradas nos camarotes, o choro e a gritaria das crianças e as queixas e chamadas de atenção dos mais velhos o incomodavam. Estava acostumado a espaços abertos, a evadir porteiras e superar barreiras; não a retirar-se diante do veludo que marcava que do outro lado ficava a segunda classe e certamente mais acima o acesso à primeira. Tampouco faltava algum uniformizado que lhe indicava até onde podia chegar.

Frente ao proibido, seu único refúgio foi subir para o convés. Chegou a gozar que o movimento das ondas o salpicasse e refrescasse dos fedores que deixava para trás à medida que se aproximava da saída. Inclinado sobre a borda, admirava como o barco abria caminho sobre uma interminável superfície, como as ondas iam se abrindo e entregando a esse artifício que levava centenas de passageiros a um futuro que a maioria desconhecia. A cada tanto, o vento trazia para perto o cheiro de óleo daqueles mesmos motores que à noite o arrulhavam. Dia após dia atravessavam o Atlântico sem ver nada mais que um mesmo horizonte, uma linha da qual não conseguiam se aproximar. Com o olhar fixo nessa linha teria gostado de dizer algo mais de seu assombro diante do mar, escrever isso na primeira carta que despacharia da escala seguinte.

Na mala, tinha vários livros de Sholem Ash e de Peretz. Seu irmão mais velho lhe deu outro que haviam recomendado. Nunca havia ouvido falar de Stefan Zweig. Procurou um lugar entre as cordas e abriu *Vinte e quatro horas na vida de uma mulher*.

XXIX

Depois de vários dias em alto mar, as ruas do Rio de Janeiro bamboleavam ao ritmo das ondas do mar. Como em toda cidade portuária, os vendedores ambulantes tilintavam prodigiosos *souvenirs* que jamais haviam visto e gozos dos quais haviam prescindido. Como tantos que continuavam chegando a essas costas pela primeira vez, os dois conterrâneos–assim se reconheceriam para sempre — queriam se empapar do que desfilava pelo porto. Ficavam deslumbrados com negras e mulatas que pouco escondiam, cestos com frutas desconhecidas, aromas que os embriagavam afastando-os do cais e dos gritos dos carregadores.

Não o preocupou tê-lo perdido de vista; já apareceria. Sentiu que alguém o havia puxado pelo braço e o levava entre a multidão que abarrotava os passadiços do mercado. Deixou-se levar pela onda de palavras que o enfeitiçavam, pela cadência de uma pele morena, por mãos que antes de chegar a uma porta o haviam cedido ao desejo. Conseguiu sentir o colorido e a música que se desprendia das bancas e de balcões próximos; uma harmonia sedutora frente ao cortante do idioma que continuaria ouvindo ao retornar ao barco.

A mulata para quem não tinha nome lhe falava em um idioma que só conseguiu compreender quando descartou o pouco que estava vestindo, empurrou-o para uma cama coberta por uma colcha multicor e montou sobre ele. Antes que pudesse dizer algo que ela não entenderia, sua boca o silenciou; buscou a língua do homem de tez branca e negra cabeleira. Com mãos experientes o despiu e ele se entregou às enormes auréolas e à dureza de seus retintos mamilos. Mordeu-a, travou seus dedos em um pelo que desconhecia e na umidade de que havia sentido falta noite após noite olhando as ondas quebradas pelo barco. Deixou-se montar. Não lhe importava se os gemidos respondiam a seu gozo ou a uma rotineira aprendizagem. Era sua chegada a este lado e queria fazê-lo do jeito que gostava. Levantou-a no ar, a pôs de costas, e entrou nela. Ela abriu os olhos, mordeu os lábios que ele havia provado pela primeira vez e que voltou a provar em beijos que seriam tantas vezes de outras.

Queria deter sua urgência, mas ela o atiçava. Segurou seus braços contra a cama e, encarapitado, retomou seu ritmo. A cada tanto parava para admirar o corpo de uma mulher que jamais esqueceria. Como saber seu nome, terá pensado. Cavalgaram até que ambos se acharam em um grito, em uma gargalhada, em corpos suados e entregues ao silencioso abraço de boas-vindas.

XXX

Ao atracar em Montevidéu, as cenas anteciparam em menor escala o que veriam ao chegar ao porto de Buenos Aires. Cais entupidos de gente que encarnava a aluvião imigratória que por essa época continuava definindo o país. Mistura de origens repartidas de acordo com a procedência dos barcos que continuavam surgindo no horizonte desde o amanhecer.

Para chegar ao lugar designado ao Kościuszko, aqueles que aguardavam os recém-chegados cruzavam com espanhóis e italianos em busca de outras bandeiras. Os judeus não tinham uma insígnia própria, mas se reconheciam por seus rostos e vestimentas, pelas variedades do iídiche que revelavam vilarejos e cidades, regiões e países.

— No fim das contas somos como os galegos e os carcamanos; cada um com seu sotaque — comentaram uns rapazes aclimatados ao ver uma família hassídica húngara junto àqueles que obviamente haviam chegado de Varsóvia.

A crescente ansiedade dos passageiros era palpável. Atravessar o Atlântico os havia deixado mais impacientes e ansiavam a esperança que estar no convés lhes proporcionaria. A costa não podia estar muito longe. Depois de ter superado o golfo de Santa Catarina e ter parado no Uruguai, sentiam que já era hora de chegar.

Alguns seguiam detidamente as manobras de ancoragem, os pilotos que os aproximavam da costa. Já não haveria movimento das ondas e sim imensos galpões e vozes incompreensíveis. Os marinheiros tentavam estabelecer alguma ordem entre aqueles que estavam aglomerados perto das escadas de corda. Os carregadores desceram a bagagem dos passageiros da primeira classe e depois da segunda. Oficiais de imigração rapidamente carimbaram seus passaportes e se apressaram a receber os demais. Era a vez de gerações com malas, pacotes, crianças e edredons que embrulhavam roupas para outros climas. Ansiosos por estar do outro lado das cercas, perguntavam-se o que aconteceria se alguém não fosse admitido; o que fariam se não os estivessem esperando.

O ruivo não parecia estar disposto a esperar. Eram dois jovens que viajavam sozinhos: um turista e um imigrante; uma mala por pessoa. Apesar de desconhecer o idioma, conseguiu se aproximar de um oficial que carimbou seus passaportes e indicou-lhes a saída. Lá fora ouviram sobrenomes e viram ...? Falta muito para que possam sair? Chegaram todos? Sua resposta era sempre a mesma: não sabemos, não os conhecemos, tem muita gente, desculpem, dá licença?

Trataram de achar uma cara conhecida, mas ninguém os estava esperando. Aproximaram-se de uma fila e mostraram o papel onde tinham anotado um endereço. Da boleia, alguém indicou que lhe passassem as malas e subiram na carroça. Deram o papel que lentamente desdobrou e se acomodaram na parte de trás. O cavalo começou a arrastá-los por ruas de paralelepípedos. Atrás dos edifícios se via o movimento das gruas.

XXXI

Sentados sobre suas malas, olhavam para todos os lados tratando de abarcar o novo. Tudo o era. Trotando ou indo a passo lento, confiavam que em algum momento chegariam ao endereço ao qual haviam se entregado. Não tinham pressa. Atravessaram amplas avenidas e ruas com árvores desconhecidas; viram lojas com imensas vitrines e cartazes luminosos; bondes, caminhões e carros que, a buzinaços, avançavam pausadamente; gente que passava entre veículos que aguardavam o sinal de avançar de um policial encarapitado em um estrado; homens e mulheres que caminhavam apressadamente por amplas calçadas; crianças com uniforme branco puxados pela mão...

O barulho foi se apaziguando à medida que adentravam nos bairros. Casas baixas; mulheres que carregavam sacolas de mercado e se deixavam ouvir em línguas que não compreendiam; homens fumando e discutindo colericamente sabe-se lá sobre o que: uma paisagem mais familiar exceto pelo idioma que demorariam a aprender. A cada tanto alguém que, em iídiche, apontando para eles, dizia a outro devem ser de... e com certeza vão ver... Poucas quadras depois a carroça parou.

Bateram na porta. Enquanto desciam as malas, sorrindo-lhes, viram a primeira cara conhecida. Seu conterrâneo lhes disse que fossem entrando, que ele cuidaria do pagamento do carroceiro. Este guardou o dinheiro no cinto, acendeu um cigarro, fez um gesto com a aba do chapéu e partiu por uma rua invadida por idiomas que não entendia.

O apartamento era suficientemente amplo para abrigar uma família que incluía filhos e sogros. Sentaram-se em volta da mesa. Antecipando a vinda dos recém-chegados, a esposa já havia colocado vários pratos de docinhos e, a cada um, foi aproximando um copo com chá. Recolheu o avental e se sentou junto a seus pais, todos ansiosos por saber como haviam deixado esse ou aquela e como estavam as coisas em geral e que tal a viagem e alguém mais de lá ou que tenham reconhecido no barco? Quando finalmente se retiraram deixando-os sozinhos com o dono da casa, este lhes contou como havia conseguido um trabalho que lhe permitia manter toda a família. A poucas quadras havia uma pensão na qual poderiam se alojar; depois veriam se lhes convinha ou não. Ele os ajudaria a se situarem.

Pelo caminho passaram por várias pessoas que falavam em iídiche. Não lhe chamou a atenção. Os donos eram judeus lituanos; falavam com seu iídiche e de imediato se sentiram entre os seus. Pagaram uma semana adiantado. O ruivo escolheu um quarto que ficava perto da cozinha; o turista atravessou o pátio e subiu por uma escada para aquela que seria sua casa por muito mais que uma semana.

XXXII

Sonhos que beiravam pesadelos arrastaram sua primeira noite em um lugar desconhecido. Esperou que as primeiras luzes entrassem pela cortina antes de se levantar. Quando desceu para o pátio, o ruivo já estava tomando algo desconhecido. O dono da pensão lhe explicou o que era o mate. Absteve-se de provar; melhor um chá, como sempre.

Enquanto os outros falavam animadamente, tratou de instalar-se em seu novo agora. Custava-lhe assimilar tanta mudança e aceitar o que havia feito. A chegada de seu conterrâneo o forçou a um segundo despertar. Os recém-chegados o acompanharam para encontrar-se com quem poderia ajudá-los a encontrar trabalho. E assim foi. Perguntou-lhes o que sabiam fazer e antes que o outro respondesse, a menção do curtume selou um primeiro destino. Dirigiram-se a uma fábrica de bolsas e outros produtos de couro que ficava a poucas quadras dali. Para o ruivo — que várias décadas depois seria conhecido como "o maleiro" — a procura havia acabado. O outro continuou por uns dias.

Enquanto regressava para a pensão, não deixava de repetir para si: era para isso que havia deixado sua família? Isto era ser turista em Buenos Aires? Não fazia sentido ter deixado tudo o que teve para acabar cortando e costurando couros. Negando-se a dizê-lo em voz alta, sabia por que havia partido. Havia sido uma decisão apressada, mas poderia remediá-la, dizia para si mesmo, depois de uma curta estadia no país.

Não ia procurar trabalho. Com paletó, gravata e chapéu na mão, começou por percorrer o centro da cidade.

Seria mais um turista que passeava pelas avenidas, que olhava as cúpulas dos edifícios e seguia as indicações daqueles que pareciam da região, que parava na frente de vitrines que exibiam novidades e admirava o frescor das mulheres que passeavam sozinhas ou de braços dados. Eram diferentes das que havia visto lá. Com as poucas palavras que ia aprendendo, a cada tanto subia em um bonde ou ônibus e tirava um bilhete até o final do percurso. Foi conhecendo bairros menos atraentes e alguns próximos do que sentia mais seu. Caminhou por ruas onde predominada o iídiche; entrou em bares e cafés reconhecendo gente como ele; sentou-se em confeitarias e comprou entradas para peças de teatro em seu idioma; esperava falar com alguma mulher sem tropeçar com a língua que lhe custaria dominar. Passou diante de sinagogas imponentes e reconheceu os nomes de clubes judeus. Em um café que havia se tornado seu favorito lhe disseram que poderiam levá-lo a prostíbulos onde entenderiam o que pedisse.

Nessa noite, ao sair, acedeu um cigarro e lembrou o que lhe haviam dito da *treif land*.

XXXIII

Sentou-se para cumprir a promessa que havia feito aos seus pais. Não queria angustiá-los como o continuava fazendo o silêncio do outro irmão. Falou dos centros comunitários e das sinagogas que havia visto; tentou dar--lhes a entender que não havia se afastado do aprendido em casa; inventou uma vida social com conterrâneos de sua região; simulou felicidade. Custou-lhe menos cifrar a nostalgia em palavras que traçava pela primeira vez sobre um bloco de cartas.

Depois de várias semanas recebeu uma carta: a mãe lhe contou como estava cada membro da família; seu pai mandou um abraço e perguntou se havia conseguido filactérios para substituir as que havia deixado ao partir. Em outra folha, o irmão que vivia com a mulher e dois filhos perto de seus pais mencionou a ameaça alemã. Leu a carta mais de uma vez. Enquanto guardava as três páginas dentro do envelope voltou a se perguntar o que estava fazendo ali.

Costumava descer para o pátio quando já não ouvia ninguém. A presença do ruivo havia se tornado intolerável, sem que ele tivesse culpa. Incomodava-o que tivesse se achado com tanta facilidade; que trabalhar e começar a economizar uns pesos fosse tudo o que o havia ansiado obter de seu traslado. Vagar pela cidade e acabar conversando sobre nada em algum café havia se tornado repetitivo. Cada vez lhe aliviavam menos as visitas a uma casa onde alguém o esperava para entregar-se em um idioma que assimilava lentamente.

Várias vezes passou na frente de uma agência de viagens. Algo — não sabia o que– impedia que entrasse. Havia começado a aceitar que sua nova rotina não poderia seguir indefinidamente. Em algum momento teria que decidir: aqui ou lá. Não importava o que decidisse; ninguém poderia impingir-lhe um fracasso. Muito menos ele próprio. Havia se deixado viver quando trabalhava com seu pai e remontava um caminho acreditando que haveria mulher e filhos. Em seu novo agora vivia passeando, vendo, gozando o nada em intervalos. É o que o definia como turista.

Viu um anúncio escrito à mão. Bateu na porta de uma casa. Uma mulher muito mais jovem do que havia antecipado abriu a porta. Enquanto secava as mãos com o avental, o fez entrar e mostrou-lhe o quarto que tinha disponível. Gostou de saber que seria o único inquilino; gostou do pátio com plantas, do aroma que saía da cozinha. No dia seguinte, mudou-se.

XXXIV

Surpreendeu-o ter dormido tantas horas em uma cama que logo deixaria de ser estranha. Ao abrir a porta do quarto viu uma caneca de café com leite coberta com um prato, e várias fatias de pão com manteiga. A dona da casa respondeu lá do pátio ao seu bom dia e voltou ao jornal que cobria a mesa. A barra arregaçada deixava ver as pernas que dissimuladamente olhava em seu ir e vir pela casa.

Saiu para dar uma volta pelo bairro, comprou cigarros e fumou sem pressa, prestando atenção nos nomes das ruas. Ao retornar, a mesa estava posta para o almoço. Ela parecia mais preocupada que atarefada. Com um gesto amável, convidou-o para se sentar. Enquanto voltava para a cozinha, olhou-a como costumava olhar para as mulheres: seu passo, os quadris que a roupa de ficar em casa não podia esconder. Trouxe uma enorme sopeira, encheu os pratos e se sentou de frente para ele. Enquanto mastigava algo desconhecido, soube que não só os filactérios haviam ficado no passado. Um pecado leva a outro, lembrou ao afundar a colher no prato.

Entendiam-se com poucas palavras, traçavam letras sobre papeis que tinham à mão e ela repetia o que havia dito. Mostrou-lhe as manchetes do jornal e contou o que havia lido. Do bolso do avental tirou um par de fotos: uma com um homem jovem, outra de uma família diante de uma granja. Eram fotos de outro lugar. Ele conseguiu entender que o irmão havia partido junto com outros voluntários para a Espanha. Várias vezes repetiu "República"; segurando a foto do jovem, disse: "minha única família".

Nessa tarde não voltou a sair. Apesar de paredes e divisórias, ambos sentiram que se acompanhavam. Do seu quarto ouvia os barulhos da cozinha, o balde que se enchia para lavar o pátio, o regador que pousava brevemente sobre as plantas. Enquanto organizava suas coisas no guarda-roupa e deixava dois livros sobre a mesinha de cabeceira, entoou uma melodia em iídiche, algo que já não poderia compartilhar só de abrir a porta.

XXXV

A mudança de endereço não afetou só o seu lugar de residência. Ali recebeu uma carta de seus pais. Depois de oferecer-lhe o antecipado informe familiar, perguntavam-lhe quando voltaria ou se pensava ficar mais um tempo na Argentina. — Me conta, já conheceu alguém? — acrescentou sua mãe, sob o cumprimento e assinatura de seu pai.

Teria preferido retardar sua resposta porque não queria se limitar a contar o que havia visto e encerrar com estou bem, não se preocupem comigo, mas temia por eles. Sublinhou cuidadosamente "me assusta o que possa acontecer aí; chegam notícias que leio no *Di Presse* e no *Di Yidishe Zaitung*; ouço o que os recém-chegados contam...". Passou pelo correio e depois se dirigiu ao café de seus conterrâneos. Entre as batidas de dominó, perguntaram-lhe por que havia desaparecido, por que não voltava para a marroquinaria. Alguém mencionou ter visto "Precisa-se de vendedor" em uma livraria judia da avenida Corrientes; outros, que muitos se arranjavam como *cuenteniks*[7]. Se você não se incomodar de viajar

---

[7] É um hispanismo do iídiche que se aplicava aos "vendedores ambulantes à crédito". Esse era um dos ofícios que os judeus asquenazes exerciam ao chegar na América do Sul, antes da Segunda Guerra Mundial.

um pouco — acrescentou um *litvak*[8] — preciso de gente para uma oficina têxtil; você poderia aprender. Anotou o endereço.

Nesse dia voltou para a pensão mais tarde do que de costume. Dizer que procurava trabalho respondia tacitamente a dúvida de seus pais. A dona da casa lhe indicou como viajar até o povoado de Villa Lynch — era longe — e com um sorriso de aprovação levantou sua taça. O inquilino permaneceria mais do que o antecipado. Sem haver conversado sobre isso, havia se estabelecido uma rotina: caneca e pão pela manhã; almoço variado e abundante; para o jantar, ele se ocupava de passar o vinho do garrafão para uma garrafa e de pôr a mesa se chegasse antes de que ela o tivesse feito. Depois se sentava e aguardava que ela servisse a comida. Às vezes ajudava com as plantas.

Fazia algumas semanas que havia começado a chegar um segundo jornal na casa. Em iídiche e em castelhano liam entristecidos as notícias do outro lado. Necessitavam saber o que estava acontecendo em terras que, por momentos, não eram tão distantes. Pela manhã, ela ligava o rádio para ouvir música espanhola e boletins sobre a guerra. Já havia programado sua jornada para varrer e

[8] Referência aos judeus lituanos (N.T.)

jogar água na calçada na hora que o carteiro costumava passar. Da esquina, sua cara lhe adiantava se havia cartas. Ela, como ele faria anos depois, aguardava sinais de vida.

XXXVI

Abriu o portão da oficina. Os operários se falavam aos gritos; o único modo de se impor ao barulho compassado dos teares. Um, que constantemente limpava o óleo das mãos, ia de um tear a outro: ajustava uma lançadeira, descartava bobinas, fazia ajustes, dava instruções, revisava o funcionamento das tramas. Foi quem lhe indicou que saíssem para falar. O *litvak* lhe havia dito que viria; não, ele era um *poilisher, a varshever* — disse– e passou a explicar o que é que ele teria que aprender antes de receber um salário como o resto.

Esse foi o assunto do jantar, um jantar com mais de uma taça de tinto e algo que, sem saber o que, era diferente. Ela lhe indicou uma loja onde poderia comprar roupa de trabalho e assim iniciou sua longa relação com a Coppa e Chego. Depois do café, os dois tiraram a mesa. Ela deixou o avental sobre a pia da cozinha e se apoiou na porta; nunca haviam estado nem haviam se sentido tão próximos. Suas bocas cederam e um abraço apertado supriu o que não teriam podido dizer. Tentando evitar a mesa e as cadeiras do pátio sem se separar, abriram a porta do dormitório e pararam perto de sua cama. Temor, timidez, dúvida; tudo ia caindo junto da roupa que se amontoava no chão. Não houve mais do que dois corpos nus procurando-se na escuridão, descobrindo o que haviam desejado desde uma longínqua batida na porta da entrada. Soltou sua negra cabeleira e ele sumiu nela. Procurou-a com uma paixão que não havia sentido em rápidas visitas. Ouvia palavras que não entendia. Seu aroma lhe urgia enquanto ela dilatava o que sabia inevitável. Cravou-lhe as unhas nas costas. Mordeu-o e quis arrancar-lhe os lábios, deixar que sua língua lutasse enquanto ia entrando cada vez mais e um grito, a cabeça que se sacudia, o corpo que tremia e as bocas que se buscavam, desordenadas, aloucadas de pele e suor e algo que fluía pela primeira vez.

XXXVII

Acordou quando um raio de luz deslizou pelas persianas. Sob a toalha de banho, cuidadosamente dobrada, estava sua roupa. Antes de sair do quarto que via pela primeira vez, prestou atenção na austeridade dos móveis, no esmero de cada detalhe, nas cortinas com babados que teriam se dependurado de outras janelas; parou diante das fotos depois de notar o crucifixo sob o qual haviam se descoberto.

O pátio estava em silêncio. O sol aparecia em diagonal sobre os vasos e sobre parte da mesa. Ali estavam seu café da manhã e um bilhete: bom dia, vou ao mercado. Pela primeira vez em muito tempo sentiu ternura. Sentiu-se cuidado; não se atreveu a pensar querido.

Ao ouvir a chave na porta, apressou-se a abri-la e ajudá-la com as sacolas de compras. Sorridente, ela esquivou seu olhar. Guardaram a compra tentando dizer-se algo. Abraçaram-se em silêncio. Quando saiu para buscar a roupa de trabalho, ela ligou o rádio e se sentou para ler as notícias. Necessitava recuperar sua rotina.

Pouco depois de estrear o macacão, uma pequena mancha lhe deu as boas-vindas à oficina. Havia começado uma nova etapa. Ou talvez tivesse começado na noite anterior.

Voltou tarde, mas ela o estava esperando para jantar. Depois do como foi e o que você fez hoje não sabiam como continuar em um dia que já não era como os anteriores.

XXXVIII

Disse-lhe que descansasse, que ela se ocuparia do resto. Deixou a xícara de café sobre a mesa e pegou seu jornal. Seus olhos passearam inutilmente pelas manchetes. Mais do que ficar a par do que havia acontecido no mundo, queria olhar para a mulher que lavava a louça, seguir o movimento de seus braços nus, ver como enxaguava a espuma de suas mãos. Havia passado a noite com uma mulher e tolerado o martelar da oficina. Perguntou-se se isso chegaria a constituir sua nova ordem; reclamou-se um pouco de seriedade. Não confunda gozo com felicidade — disse para si mesmo.

Desejou-lhe boa noite e entrou no seu quarto. Quis acreditar que o acontecido não passaria de um deslize; o encontro fugaz de desejos compartilhados. E, no entanto, não pôde deixar de pensar nas consequências nem de instalar essa noite em um de tantos escaninhos vacantes de sua vida. Você esteve onde mais gosta de estar e, como quem não quer nada, as ilusões e as culpas te inundam — recriminou-se. A havia desejado desde o início, mas o recatado de sua conduta lhe havia imposto limites. Foi o que pensou. Talvez não tenha percebido o que teria notado nas mulheres que havia conhecido antes, ou não havia entendido que sua amabilidade excedia suas obrigações para com o inquilino. Acabava de aprender os códigos de um mundo que desconhecia — consolou-se e apagou a luz.

Sem sono, saiu para fumar no pátio. Na escuridão, conseguiu perceber que a porta do outro quarto estava entreaberta. Duvidou, mas cedeu e a abriu suavemente. Estava te esperando — ouviu.

XXXIX

Se não respondiam imediatamente suas perguntas, o professor combinava o severo de seu olhar com uma forte batida sobre a mesa ou um pau sobre os dedos do distraído. A chamada de atenção era ainda mais grave quando, em iídiche, prorrompia seu "o que está fazendo sentado como um golem?" Denegrido, o sancionado se afundava na categoria do infra-humano. Recuou até essa lembrança ao pensar no aprendido de um adolescente que havia acedido ao código que tudo fixava. Como tantos nessa idade, também ele pulou as seções que legislavam e prescreviam cada instante da vida cotidiana do judeu para ler o indicado em torno do sexo. Pareceu-lhe divertido, embora um tanto sacrílego, que, tendo a mulher amassada contra seu corpo, e deitado sob um crucifixo, se remontasse a tantas das lições que havia abandonado. A porta entreaberta o havia remetido aos modestos sinais com que uma esposa dá a entender sua disponibilidade.

Sua aprendizagem estivera salpicada de picardias, jogos de palavras que dessacralizavam o aprendido na aula e na rua. Enquanto tratava de se levantar sem acordá-la, sentiu pena por não poder compartilhar com ela. Desta vez, antes de sair para o trabalho, ele preparou o café da manhã e o deixou sobre uma bandeja na entrada do quarto.

Perto do meio-dia, o carteiro lhe fez sinais da esquina e lhe entregou uma carta proveniente da França. O remetente incluía o nome de seu irmão; o endereço lhe era desconhecido. Deixou de varrer a calçada, apoiou a vassoura contra a parede, e entrou. Abriu o envelope com cuidado para não rasgar a folha que ficara colada.

Alguém que se apresentava como oficial de regimento, contava que seu irmão havia sido evacuado para um hospital de sangue próximo dos Pirineus. Quem lhe escrevia assegurava que estava fora de perigo e que nem bem se restabelecesse — questão de várias semanas– seria embarcado de volta a Buenos Aires. Já não poderia voltar à frente, mas, insistia, sua recuperação será total, não se preocupe. No P.S., acrescentou: este bom veterano me pede que lhe diga "você terá que cuidar de mim um pouco, querida irmã".

Leu a carta uma e outra vez. Por um tempo, talvez para sempre, sua vida voltaria a mudar. Disse isso nem bem voltou do trabalho. Jantaram em silêncio. Estendendo as mãos sobre a toalha de mesa, tentavam se dizer algo. Algo conseguiram seus olhos.

XL

O martelar dos teares não bastou para aturdi-lo e evitar que especulasse sobre seus próximos passos. A carta dividia as águas. Umas linhas bastaram para partir o que havia acreditado alinhado ao menos por um tempo. Nada do que estava vivendo havia deixado de ser provisório, mas era um alívio diante da incerteza. Continuava estando de passagem. Apesar do macacão, não havia deixado de ser um passageiro. No dintel da porta de entrada não havia colocado a mezuzá que teria fixado em sua residência. Continuava sendo um homem de passagem.

A dona da casa subiu o volume do rádio, guardou os restos do café da manhã e começou a pôr as coisas em seu lugar. Suas preces haviam sido escutadas. Aliviada ao saber que seu irmão estava a salvo, devia aceitar que seu retorno marcaria o fim de algo imemorável que mal começava. Sabia que sua angústia escondia um desejo perverso; sabia, mas não podia evitar. Ao terminar de arrumar sua cama, mais desfeita desta vez, olhou o crucifixo e saiu para o pátio.

Talvez não nessa mesma noite, mas em algum momento ambos deveriam decidir se a casa continuaria sendo um lugar para dois. Quando por volta da meia-noite ele saiu para fumar, viu que a porta estava fechada.

XLI

Ao acabar seu turno, trocou-se e pegou dois ônibus para chegar ao café dos seus conterrâneos. Procurou uma mesa afastada do resto; do bolso do paletó tirou várias folhas e uma esferográfica. Pediu uma cerveja e começou a escrever umas linhas em iídiche. Durante a viagem foi pensando em como dizer-lhe o que também para ele era doloroso. Jogou fora a primeira versão; corrigiu a segunda; passou-a a limpo e, indicando ao garçom que já voltava, procurou um dos seus conhecidos. Pediu-lhe que o acompanhasse até sua mesa e o colocou a par. Tinha que fazê-lo sem demora. Evitou dar detalhes; tampouco seriam necessários depois de ler o que havia escrito. Confiando em sua discrição, pediu que o traduzisse ao castelhano. Enquanto seguia de perto o que se vertia da esquerda para a direita tratou que não se notasse que esta nova mudança não era como a anterior. Fumou alguns cigarros afastando a fumaça dos olhos.

Ficara olhando algum ponto ao fundo do café quando sentiu umas palmadas de consolo no ombro. Pegou a carta, quis assegurar-se que, embora penoso, o que dizia não ferisse. Assinou-a e, cuidadosamente dobrada, a pôs em um envelope que já tinha nome. Pagou e foram para a mesa onde, entre fichas e apostas, intercambiavam notícias que não saíam nos jornais locais.

Perguntaram-lhe como tinha sido; que claro haviam notado sua ausência. Disse a eles que estava pensando em se mudar para o bairro; já o veriam mais seguidamente. De quebra, procuro um apartamento. Pequeno, claro, para mim.

XLII

Nada era nem podia ser igual. Não havia substituições, nem equivalências, nem simetrias que aplacassem a nostalgia. Lá, "libe" foi um laço que acreditou perdurável. Aqui havia se deixado ir sem pronunciar palavras que lhe resultassem alheias. Não, não havia sido simplesmente a atração de dois corpos que cancelavam a solidão; mas tampouco quotas de uma aposta a longo prazo.

Não se confunda — dizia para si mesmo– enquanto tentava decidir se seria menos incômodo deixar a carta ou encarar uma penosa despedida. Depois de fazer as malas, deixou dois envelopes sobre a mesa; em um, que deixou aberto, estava a carta; no outro, pôs o aluguel de dois meses. Fechou-o e saiu.

Sem ver previamente o apartamento que estava disponível, dirigiu-se ao endereço que lhe haviam dado. Ficava a poucas quadras do café, em uma rua lateral, menos barulhenta que a avenida. Subiu as escadas e entrou. Para ele bastaria com os poucos móveis que havia ali. Abriu as janelas, desfez a mala e saiu para comprar lençóis e toalhas. Depois passaria pelo armazém da esquina. Ao sair, notou que já havia uma mezuzá.

Enquanto caminhava pela avenida procurando o que precisava, tentou imaginar a cena na casa que acabava de deixar. Com cada quadra que percorria foi aplacando o que restava de tristeza e remorso. Com um corte drástico, havia cancelado a procura de soluções que não poderia aceitar, inevitáveis postergações e prováveis quedas no melodramático. Havia agido bem, disse para si mesmo, como um homem decente. Viu uma loja de lingerie; atravessou a avenida; começou a se sentir mais aliviado.

XLIII

Na primeira carta que escreveu aos seus pais do novo endereço, falou do bairro para o qual havia se mudado — com certeza eles gostariam de saber que ele estava entre sua gente. Desta vez perguntou-lhes se considerariam sair dali; que as notícias eram cada vez mais alarmantes; que temia por toda a família; que eles sabiam como a hostilidade dos polacos ecoaria o que vinha da Alemanha; que era difícil conseguir vistos, mas que alguns de seus amigos estavam tentando; que não demorassem mais; que logo seria tarde demais.

Sem minimizar o risco, a resposta que recebeu depois de um mês e meio tentava tranquilizá-lo. O curtume continuava funcionando e não lhes faltava nada. Perguntaram se estava em contato com suas irmãs e porque não ia para Cuba para ficar com elas; além do mais, não tinha ninguém na Argentina. Enviaram junto uma foto: diante da casa estavam sentados seus pais; atrás deles, de pé, o filho mais velho com a mulher e seus dois filhos. Foi a última foto na última carta.

Quando ofereciam a ele, ficava na oficina fazendo hora extra. Já estava a cargo de quatro teares e supervisionava o funcionamento de outros tantos. Necessitava silenciar o que suspeitava e ia sabendo. No café só se falava da guerra. Ao comentar o que acontecia no país, baixavam a voz. Não era nenhum segredo que os militares argentinos simpatizavam com o Eixo. As manifestações de rua e os protestos eram cada vez mais frequentes. Instabilidade, incerteza. Será que fizemos bem em vir para cá? Dentre tudo, não estamos mal e, sim, a vida continua, embora a cabeça esteja em o que terá acontecido com o meu pessoal, com todo nosso pessoal, lá. E, o que acontece, ainda está solteiro?

XLIV

Sua timidez o fazia bastante arredio à vida social. De todo modo, havia começado a sair com aqueles com quem tinha uma incipiente amizade, jovens como ele que não se limitavam ao cumprimento e ao você soube de mais alguma coisa? Alguma notícia? Eram rapazes que se esforçavam em não cair sob os escombros. Cinema, uma peça de teatro, café com os conterrâneos, bailes da coletividade onde poderia conhecer a destinada, sua basherte...

Uma melodia havia se elevado na lembrança. Despojada da alusão original, entoava "e se voltasse, imediatamente o receberá". Havia voltado à sua comunidade, à sua língua. Na sacra, cantava; com ela recuperava as vozes de seu pai e de seu avô. Com o iídiche, sentia. A recente era para navegar por novas águas.

A cada tanto alguém lhe perguntava se o interessaria conhecer... Sim, por que não? Depois outra e a uma terceira. Porque conhecia desde lá os conterrâneos que o convidaram para jantar, aceitou voltar na semana seguinte para um encontro que haviam arranjado. Encontrou-se com uma loira um pouco mais baixa que ele, um pouco mais nova que ele; mais sociável que ele. Uma mulher afável que lhe aproximou a bandeja de docinhos e uma tacinha de licor. Uma mulher que se sentia confortável contando casos de sua família, daqueles que estavam na cidade e, quando se quebrou sua voz, daqueles que temia não voltar a ver. Falava um iídiche diferente, o qual, como costumava acontecer, deu lugar a várias piadas e ao riso contagioso com o qual acabou de fascinar o arredio. Duvidou ao ouvir que ela se regia mais que ele pela tradição, que não comia nada que estivesse proibido, que lia as rezas no livro que sua mãe lhe havia dado ao partir.

Pronunciava-o de outro modo, mas tinha o mesmo nome que a morena.

XLV

Viam-se todos os fins de semana. Ela aceitava sair aos sábados desde que fosse depois do pôr-do-sol. Entenderam desde o começo que suas práticas discrepavam, mas foram se acomodando às diferenças; não lhe resultou difícil fazê-lo, conhecia as regras que algum dia havia cumprido. Costumavam contar histórias de seus lá, do que haviam abandonado, do que intuíam irrecuperável atrás das manchetes que negavam qualquer esperança.

Quando ela tentava distraí-lo do mais temido, contava-lhe de seus passeios com uma amiga argentina; "a Carcamana", chamam-na. Sua família me chama de "Galega" desde que eu disse que nasci na Galícia; claro, na do nosso imperador Franz Jozef. Muitas vezes as duas iam ao cinema e depois iam comer pizza no "Las cuartetas"; haviam ido a Mar del Plata — sim, te mostrarei as fotos– e se encantaram com a praia e o cassino. Não, eu não jogo, esclareceu diante do olhar que aguardava uma resposta, mas minha amiga apostou na roleta. Sempre ganha.

Em toda conversa, em cada passeio, havia um assunto inevitável: uma e outra vez continuavam tratando de elucidar o que havia sido desembarcar em um país desconhecido, o que era estar entre estranhos que o eram cada vez menos. Depois de várias rodadas podiam antecipar o que se diriam, mas era como um rito, um modo de se assegurar de que haviam chegado; melhor ainda, que definitivamente haviam ido de lá, de sua casa. Imagino que tenha sido mais fácil para mim — disse, segurando seu braço–. Eu viajei com dois dos meus irmãos em um barco italiano, com certeza mais divertido que o seu polaco, e meus outros irmãos estavam nos esperando no porto. Ainda não entendo por que você veio, e ainda por cima como turista! Algum dia te contarei — respondeu. Dos casos da viagem e das escalas passavam para a partida, para aqueles que haviam deixado à espera de notícias deste lado.

Gostavam de caminhar pelas avenidas mais elegantes e mais barulhentas para depois se refugiar no silêncio de alguma praça. A ela nunca faltavam histórias. Ele resumia sua semana em poucas palavras; sempre a mesma rotina. O resto era ouvir o que ela havia descoberto e aprendido, algo sobre algum de seus irmãos ou suas cunhadas. Eram os dias em que devia ser paciente e não olhar para outro lado. Em compensação, recebia sua proximidade, seu calor, seu riso.

Iam percorrendo a cidade, vendo juntos o que ele havia notado quando era turista. Frente à desenvoltura dela, ele gozava antecipando-lhe o que veriam ao dobrar a esquina, ao atravessar o parque, ao aproximar-se do rio. Iam se conhecendo, acreditaram. Sem se dizer o que com certeza se diziam os casais que eles viam de mãos dadas, sentiam que iam avançando rumo ao inevitável — como ele diria depois.

Embora já estivessem a vários anos no país, não deixavam de se surpreender diante de certos produtos e hábitos locais. Haviam provado frutas e verduras que desconheciam, consumido muito mais carne do que antes, como era possível que se vendesse pescado morto em vez de manter os peixes nadando em um tanque? Quando era uma recém-chegada, — contou-lhe– ia ao mercado, indicava aos donos das bancas o que queria e lhes perguntava o nome do que levaria: "isso, como se chama?" — a fórmula do aprendiz. Sempre lhe respondiam acrescentando um minha linda ou loira ou boa moça e sozinha? Curiosidade e escola noturna: tudo lhe interessava, tinha jeito para tudo.

Assim a apresentaria a seus amigos quando lhe perguntavam pela *galitzianer*. E ele? Não, não ia ter aulas; não podia depois de tantas horas diante dos teares; me arranjo com o que já sei e o pouco que preciso saber já estou aprendendo. Além disso, vivencio quase tudo em iídiche — dizia.

Quando lhe perguntavam por esse noivo que ia buscá-la em casa, ela respondia que era um bom homem, honesto, trabalhador; ele, que sua noiva era muito simpática, que estariam bem juntos. Comprometeram-se com a formalidade da época e de suas origens. Aqueles que os haviam apresentado o celebraram com uma pequena recepção em sua casa. Casaram-se no ano seguinte. Ela teve ali seus irmãos, cunhadas, sobrinhas, amigas; ele, sem família, aos amigos mais próximos e aos companheiros e ao dono da oficina. O resto dos convidados eram achegados, conhecidos da família, conterrâneos de sua região que haviam conseguido sair antes que se fechasse toda saída. Foi uma noite com desfile de garçons anunciados pela orquestra, a comida tradicional que viram e continuariam vendo em tantos casamentos locais, a música que teriam ouvido do outro lado do oceano e que continuaria perdurando deste lado. Excelente dançarina, depois da valsa dos noivos, dançou quase a noite toda com dois de seus irmãos. Ele a seguia com o olhar. Admirava a beleza e a risada dessa mulher, de sua mulher vestida de branco.

Do seu lado da mesa se notavam ausências. Como continuaria fazendo ao longo da vida, lembraria deles mediante uma melodia, algumas vezes litúrgicas que cifravam instâncias que não costumava compartilhar. Quebrar a taça ao final da cerimônia de casamento evocava a destruição dos templos de Jerusalém. Cabia lembrar disso, dizia a tradição, particularmente quando a alegria transbordava. Ouviu como rangia o vidro sob seu sapato; ouviu os *mazl tov* de homens e mulheres; ouviu distantes quebrantos. A devastação estava em tempo presente.

XLVI

Exceto pelo sucedido em uma fria, mas festiva, noite invernal, o noivado antecipou a dinâmica matrimonial. A loquacidade da dona de casa e a mesura do trabalhador. Uma rotina sem maiores altos e baixos. Um apartamento alugado, modesto, apropriado para quem não requeria luxos. Iam se acomodando ao que seria o país do para sempre. Do outro lado só sabiam o que aparecia nos jornais, o que ouviam pelo rádio; fazia muito tempo que haviam deixado de esperar cartas. Ela relia as que havia recebido desde sua partida. Quando, ao voltar da oficina, sentavam-se na cozinha, bastava-lhe ver seus olhos para saber.

Os finais de semana haviam se tornado jornadas de descanso mais do que de saídas pela cidade. A portas fechadas ambos. Refugiados no silêncio e na sossegada intimidade de suas noites. Custava-lhe aceitar a normalidade de seu mundo frente à decomposição do que até pouco tempo havia sido a única coisa que importava. Parecia-lhes frívolo ir ao cinema, ao teatro, passear despreocupadamente como se pudessem deixar de ouvir os berros que atravessavam o oceano. Custava falar de outra coisa quando se reuniam com alguns amigos ou familiares. Distraiam-se com as crianças que iam nascendo no país. Cada nascimento era celebrado como uma aposta na continuidade. Assim resistiam; assim foram se dando conta das raízes que estavam fincando em outra terra.

Aqueles que os haviam apresentado se negaram a ter filhos. Essa foi sua resposta diante da iniquidade. Que não tenham mais judeus para assassinar — diziam amargamente– rechaçando que já não voltaria a acontecer, que estavam em um país de promissão, sem cossacos e sem *pogroms*. Cada vez que diziam isso, inevitavelmente, um dos três anarquistas do grupo deslizava na conversa a noite trágica de 1919 e lembrava a eles que enquanto muitos ainda não haviam chegado a bom porto, nos "30 e nos 40" uma caterva local havia apoiado os que demorariam a acatar sua derrota, aos que continuariam marchando. Inflamados por sua breve experiência europeia, pela fé em que estavam em terra fértil para a anarquia, só calavam quando um sobrevivente parava e exclamava: Basta! Já não estamos na Europa! Isto não é *Poiln*, não é a Ucrânia, malditos sejam!

Quando estava para se completar o segundo aniversário de casamento, tiveram um filho.

XLVII

Para a família, o recém-chegado era o terceiro varão que nascia deste lado do oceano e da guerra. Teria o nome de um avô. No oitavo dia levou-se a cabo seu ingresso na tradição. Quem o fez celebrou a presença dos primos que poucos anos antes ele havia incorporado ao pacto do vilarejo. Nunca se chegou a saber se este santo homem, entregue à lei e às tradições, também o havia feito na carne de seu próprio filho, aquele que em sua transgressão lembraria dele na paz de seu nome através de letras e encenações.

A família e os conterrâneos celebraram sua chegada. Durante a cerimônia, a Carcamana estava abraçada à sua Galega. Assim seguiriam as duas, profundamente inseparáveis, celebrando o que lhes era alheio como algo próprio. Os homens que rodeavam o recém-vindo celebravam em iídiche o renascimento. A terça parte assassinada seria recuperada, diziam, tentando se convencer. A sobrevivência seria sua vingança contra o opróbrio. A justiça, na qual não chegariam a confiar, seguiria sendo executada de outros modos: a culpa, talvez, o faria de alguns que calaram e foram cúmplices na inação.

Envolto em mais de um idioma, o filho cresceria com vários nomes. Em todos se reconheceria e não abjuraria de nenhum. Era sua lei, a que havia ouvido de seu pai que nunca renegou do seu. Nem de quem foi nem de quem sempre seria.

XLVIII

Amamentou-o longa e generosamente. Em iídiche arrulhado; cumulado por canções de ninar que sua mãe havia aprendido com sua avó e, esta, com a dela. Espalhadas suas cinzas em fossas alheias, suas vozes eram ouvidas em um quarto que só reconheceriam pelos olhos verdes e a herdada tez. Ao crescer, e já adulto, o filho lembraria as melodias e os suspiros que partiam da alma, que se cravavam em memórias que ninguém poderia silenciar.

Parada diante do berço, não deixava de olhar para ele, de buscar na suave respiração as que haviam cessado do outro lado do mar. Sobre o aparador havia colocado uma foto de sua mãe; a peruca feita com seu próprio cabelo continha o intenso rigor de uma conduta austera. Em uma moldura menor, a terna imagem do pai, de quem pouco recordava. Havia morrido pouco depois de terminada a Primeira Guerra. O longo exílio como refugiados na Boêmia apanharia outra vítima depois de suas fronteiras.

Adormecida a criança, abriu uma caixa forrada de tecido que guardava recordações de seu lá. Soltou o maço de cartas e releu as de suas irmãs. Era um rito que praticava quando necessitava imaginar que alguma coisa havia ficado nessas letras tão cuidadas, tão perfeitas, tão alinhadas. Devolveu-as aos seus envelopes. Sempre na ordem em que haviam sido escritas. Eram a crônica de vidas que foram desfeitas, de uma mãe e duas filhas fuziladas na frente de sua casa e arrastadas por aqueles que algum dia as haviam conhecido.

Desconhecia esse último ato até que seu irmão menor recebeu uma carta do filho do rabino, um amigo que seguiu os passos de seu pai e de seu avô e conseguiu sobreviver escondido na torre da igreja até a chegada das tropas soviéticas. Desde essa confirmação, não a abandonaria o som das balas disparadas por aqueles que falavam um idioma que trataria de evitar.

XLIX

O pai finalmente conheceria detalhes de outro encerramento ao receber um envelope cuidadosamente embrulhado. Era o memorial de seu vilarejo, um de centenas de *Izkor buj* que iriam enchendo os buracos deixados pela *Shoa*. Ali estavam as crônicas do antes, as fotos de seus pais e irmãos; também a sua. Em página após página que leu como se fosse um texto sagrado, foi lembrando o que deixou de estar; como deixou de ser. Foram dias em que esteve inacessível. Deixava o livro sobre a mesa quando saía para trabalhar; retomava-o ao voltar. Com tiras do jornal *Di Presse*, marcou as páginas onde estavam as fotos da família. Eram as que mais adiante mostraria para sua mulher e seu filho: os únicos vestígios que não haviam sido apagados. Esses e os que encarnavam os descendentes que as leriam. Sua mulher forrou o livro com papel azul. Assim permaneceu; assim o receberia o filho depois de umas décadas.

Redigiu umas linhas para as irmãs que ele chamava de "as cubanas". Acrescentou umas poucas sobre sua vida em Buenos Aires; poucas, como para enquadrar o que queria saber. Duvidou se o *globe-trotter* comunista se sentiria afetado por saber como agiram aqueles que considerava camaradas na nova ordem. Enquanto sua mulher escrevia os endereços nos envelopes, sentiu que *Izkor*, a obrigação de recordar, o não esquecerás, aproximava-o dos ramos que algum dia havia desprezado ou, a cada tanto, olhado de lado.

Poucas semanas depois recebeu a resposta. O intercâmbio se fez mais frequente. No começo abundavam os comentários sobre as fotos, lembranças de infância e juventude, perdas e o que terá acontecido com, e alguns haviam se salvado a tempo e estavam em... Trocaram-se as fotos da nova geração, primos que não se entenderiam em iídiche, que se divertiriam comparando expressões argentinas e cubanas da que era sua língua materna.

L

Não é que fosse adepto do mutismo, simplesmente não precisava povoar o silêncio. O filho herdou seu hábito. Preferia ouvir; às vezes, nem isso. Os dois se entendiam com poucas palavras, com as necessárias. O resto era para consumo materno. Ela sim gozava do diálogo, de saber o que estava acontecendo com as pessoas que conhecia, e mesmo com as que desconhecia. Importava-lhe estar a par, ler os jornais e revistas em vários idiomas. Custava-lhe entender que seu marido pudesse recortar o universo em poucos temas, que tão pouco lhe bastasse. No começo, ele lhe explicou que não era pouco, que era o mais imediato, o tangível e próximo; sobretudo, a sobrevivência cotidiana. Mais de uma vez voltaram sobre o assunto até que também este se dissipou e estava muito gostoso o que você cozinhou; você me passaria umas tangerinas?

Coincidiam no que se referia à educação do filho. Seguiam de perto as matérias que cursava, embora, como cabia esperar dada sua própria educação, à medida que ele avançava, aumentassem as distâncias. Haviam ido juntos ao Jardim Botânico para classificar vários tipos de folhas (e para avisá-lo se havia algum vigia por perto enquanto as arrancava); a mãe havia permitido que ele levasse para casa um lagostim e preparar uma apresentação para a aula de zoologia. Confiavam em sua dedicação para aprender teoremas e fórmulas químicas, para o desafio que representavam as aulas de física e o que ia aprendendo em psicologia e lógica apesar de algumas professoras. Os pais não poderiam compartilhar pesquisas que desconheciam, mas sim aquelas enunciadas nos idiomas que entendiam.

Quando o filho atingiu a idade que seus pais tinham, reencontrou-se com o livro de capa dura que sua mãe havia usado para ensinar-lhe o alfabeto hebraico. O começo do saber: *Reishit daat*. O princípio do conhecimento, o acesso, a ponte que ficou forjada entre os três. Era o mundo do qual sempre foram parte, dele vinham e nele se sentiam em casa.

Dizer "sentir-se em casa" não era pronunciar-se com a cortesia do anfitrião. Era saber que, à margem da geografia, essas letras e esses dois idiomas eram sua ilha, o oásis de uma continuidade ininterrupta. Os primos — o filho lembraria disso quando ainda protestava– só deviam frequentar a escola pública e praticar com seus instrumentos musicais. — Não, disse com firmeza a mãe para seu irmão menor quando ofereceu dar seu violino. Vai tirar o tempo que você requer para seus estudos judaicos. Esse será seu instrumento.

As aulas de música do colégio não suplantaram o que teria sido sustentar um arco. Fazê-lo não teria suplantado a rota que lhe foi traçada desde aquele primeiro começo do saber.

LI

As prateleiras que tinha perto da cama historiavam a sequência de seus estudos. Os livros de texto estavam separados dos devorados durante o verão. O filho jamais esqueceu do dia em que finalmente lhe permitiram ir sozinho à livraria de novos e usados para trocar os já lidos por outros; dois por um — dizia-lhe a dona, sorrindo ao vê-lo chegar com uma sacola.

O pai tinha o hábito de organizar tudo à sua maneira: pregos, parafusos e tachinhas de acordo com seu tamanho, ferramentas segundo sua função; as notas de dinheiro que sua mulher tinha dentro da carteira, desdobradas e postas uma atrás da outra segundo seu valor, como em sua própria carteira. Os livros do filho foram filtrados com o mesmo rigor: separou os do colégio nacional agrupando-os por matérias. Pôs em uma prateleira os livros em iídiche, em outra, os que estavam em hebraico; juntou os que interpretavam textos bíblicos e passou para a seguinte os de poesia, prosa e crítica literária; à parte, em ordem cronológica, os de história. O fez pausadamente, revisando o que estava sublinhado, as anotações que havia arrancado do caderno e que o filho colocou onde pudesse precisar delas; encontrou uma folha incompreensivelmente escrita com uma letra mínima (uma cola que não usei — explicou-lhe alguma vez.) Em todos, isso viu, o filho colocava seu nome e a data em que os havia adquirido; viu como sua letra foi mudando e como sua biblioteca ia aumentando à medida que atravessava a adolescência.

A mãe havia se ocupado de guardar os livros infantis, os jogos e os boletins de qualificações, as pastas Rivadavia com mapas feitos sobre papel manteiga com nanquim; também os esqueletos, músculos e órgãos do curso de anatomia sobre papel Canson. Todas, versões de uma mesma crônica de vida.

O filho deixava que fizessem. Exceto quando não conseguia encontrar algum livro, o que fizeram com suas coisas pouco lhe importava. Já havia passado por essas etapas e a essa idade não lhe interessava olhar para trás. Manteve esse hábito até que as camadas de esquecimento foram aumentando. Não passaria pela sua cabeça até muito depois, quando encontrou duas pastas com recortes, que elas tinham alguma coisa a ver com seu interesse em arqueologia do Oriente Médio e com a história europeia. Também ele, sem se dar conta, havia aprendido a organizar pregos e papéis.

LII

Manter as coisas em ordem, mais que um hábito, era parte de seu DNA. Cada coisa em seu lugar — insistia– e uma coisa por vez. Era taxativo consigo mesmo. Talvez por isso tenha sido tão drástico em suas mudanças: a saída da Europa quando sua expectativa derivou em outra; as mudanças em Buenos Aires depois da ruidosa doença, na primeira vez e depois a antecipada invasão (que não seria tal) na segunda. Uma vez instalado, custava-lhe romper com o que tinha e com os novos costumes. O mecanismo de assentamento marcava suas relações e fixava sua paciência.

Até que a fricção a quebrava. A promessa descumprida, o contrato violado, o engano, a falsidade, a mentira descarada, a hipocrisia... Tinha uma longa nominata para o intolerável. Cifrava-o sob o nome do pai; o código implícito em seu sobrenome. Ele era isso: filho do pai.

Às vezes se explicava desse modo não ter feito a América como alguns de seus conterrâneos. Confiava em que sua mulher entendesse e aceitasse. Não é que carecesse de ambição nem que desejasse que as coisas fossem menos difíceis, mas tinham que guiar-se segundo um código. Cumprir com a palavra empenhada, ser reto, disciplinado, honesto, ético. Por isso gostava de ver certas séries de televisão e descartar a maioria. Admirava Eliot Ness em *Os intocáveis*, o pai que em *Bonanza* transmitia lições a seus filhos. Porque sabia que tudo era uma patacoada podia se divertir com "Titãs no ringue" e aplaudir os gestos de Martín Karadajián e os triunfos do Índio Comanche.

O país não havia deixado de ser acolhedor e as pessoas não emitiam a repulsa que havia sentido na Polônia. Alguns episódios antissemitas, um pogrom histórico, as ocasionais bombas de alcatrão e pichações nos muros, mas nada que se assemelhasse ao que sabia de outros países e do que havia sido o seu. Pareceu-lhe injusto haver condenado uma nação à categoria de *treif land* pelos crimes que algumas de suas pessoas haviam perpetrado com a conivência local. O incômodo o afligia desde outro lado. Sem haver lido o *Martín Fierro* intuiu que estava vivendo no reino do Velho Vizcacha.

LIII

Apesar de tudo, do ninguém vai perceber e do todos fazem e não acontece nada, manteve-se na sua. Quando se mostrava inflexível era porque deixar de sê-lo era transgredir a lei. Não agiu do mesmo modo quanto ao cumprimento do que regia a vida dos judeus ortodoxos. Sendo adolescente, havia deixado de lado muitas das 613 ações e inações prescritas do judaísmo, incluindo as rezas cotidianas e as mais estritas leis dietéticas, mas nunca o ético.

Olhava com receio para aqueles que se entregavam às minúcias de uma proibição, mas sufocavam os princípios que regem as relações humanas. Delimitava correção e repressão; a sinceridade do crente da vã repetição de frases carentes de espírito. Em várias ocasiões mostrou ao filho a diferença entre um cantor litúrgico que sabia quando elevar sua voz em uma prece e outro cujo propósito era provocar a emoção daqueles que repetiam o que ignoravam. Com duas palavras que aludiam a sacrifícios já irrealizáveis, pai e filho haviam criado uma fórmula para identificar todo cantor do nada.

Entendiam-se aliados na picardia; sentiam-se cupinchas. Modos de querer-se sem ter que dizê-lo. Eles sabiam e isso lhes bastava para seguir caminhando sorridentes rumo à casa.

LIV

A risada contagiante da mãe contrastava com a cautelosa do pai. Seu meio de comunicação mais eficaz sempre foi o olhar. Com ele atraía e abraçava, repelia e castigava. O filho o herdou; também adquiriu sua ironia. Chegaram a dizer-lhe que, mais do que a ironia, apelava para um refinado sarcasmo para confundir aqueles que desejava desorientar. De emoções falaram os três durante a viagem ao aeroporto, tratando de antecipar as que se desencadeariam quando o viram sair.

A última vez que se viram, o pai tinha treze anos e seu irmão, dezessete. Desde então haviam se passado quase cinquenta anos e outras tantas vidas. Eram uma só cara diante do espelho. O longo abraço, os olhos chorosos, os nomes com que haviam se chamado nesse antigo então. Passos lentos que se detinham para voltar a se olhar, incrédulos, sem saber o que dizer, por onde começar, por onde seguir depois do cansado da viagem? Nenhum problema na imigração? Temos que nos agasalhar, está frio. Como na Polônia? Você já se desacostumou, estou vendo. Assim, frente à saída, marcaram a marcha do tempo e do esquecimento.

Acomodaram-se no assento de trás para a volta para casa. Nos disseram que o capitalismo havia fracassado, disse ao ver o movimento pela estrada — a ironia era uma marca de família. Falavam aos borbotões e de repente se calaram como para tomar fôlego e por onde continuar, o que perguntar, como preencher o que ignoravam de suas vidas. Ao pai não havia ocorrido que falassem em um idioma que não fosse o seu; o irmão devia recuperar o iídiche, desempoeirá-lo, deixar que escorresse entre o espanhol castiço que o havia recoberto. O filho havia contado o "Caramba, homem, como você é parecido com o seu pai!", mas isso havia sido entre eles, lá. Aqui, entre irmãos, tudo seria em iídiche, como havia sido, como devia ser. O pai só apelava ao polonês para alguma expressão e para xingar; o irmão o vivia, o traduzia para o castelhano para emitir as notícias pela rádio oficial. Sem tê-la apagado, haviam arquivado uma parte de seu passado.

Na cozinha, mate e chá em copo; iídiche e castelhano regado cada vez mais com o idioma que regressava de seu esconderijo. Uma história de homem comum, dizia um; todos somos comuns, dizia quem havia vivido a militância que acabou em decepção. Frente ao sobrevivemos de um, não teria lamentado perecer junto ao resto da família, do outro. Isso jamais; é preciso continuar cultivando aqueles que virão depois de nós. Talvez eles, os que procriamos, lembrem de onde provém, talvez se remontem a mais de uma geração.

A mãe aproximou deles uma bandeja com biscoitinhos e o livro forrado com papel azul. Era a primeira vez que o tio voltaria a ver fotos de seus pais e de seus irmãos, de alguns mais velhos que recordava vagamente, sua própria imagem e a de quem o olhava. Foram virando as páginas lentamente, como se não pudessem tornar a vê-las a qualquer momento. Demoraram lembrando de alguns amigos, daqueles que estavam com seu pai nas comissões da comunidade. Recém começavam — disseram-se sem palavras– e suas mãos se encontraram ao fechar o livro.

Vamos sair para dar uma volta, vai nos fazer bem — disse o irmão ao ver que seu sobrinho se aproximava com um envelope.

LV

Não é necessário que passemos já em revista a história toda, ainda não vou embora — disse para o sobrinho, sorrindo. Deixou sobre a mesa da sala de jantar o envelope que seu tio lhe havia dado em Varsóvia. Abri-lo poderia disparar o que estivesse disposto a revelar.

O filho tirou a mesa do café da manhã. Trouxe algumas bolachinhas e mais café; o pai ajustou a bomba e continuou tomando mate. O tio esvaziou o envelope sobre a mesa. Separou as fotos dos recortes e se deteve com a foto de sua mulher na mão. Contou a eles como haviam se conhecido, como haviam se refugiado no campo de seus pais, a travessia dos Pirineus, os meses que passaram no sul da França depois da derrota da República. Seu olhar se enterneceu vendo a foto, lembrando o que não contaria. Falou a eles do seu filho nascido no campo de refugiados, do tempo que passou ali até que conseguiu fugir para chegar ao norte da África e juntar-se às tropas que combatiam os nazis.

Quando seu sobrinho aproximou dele as fotos da frente da guerra civil, reagiu como o havia feito em Varsóvia: mostrou-se feliz vendo-se retirando neve com a pá e sentado junto com outros oficiais, mas se negou a dizer quem eram os militares soviéticos que o acompanhavam em várias delas. Para ele, nem isso, nem os quatro anos parisienses em que "fiz o que tive que fazer", havia prescrito; continuariam em segredo. Gostou de reler algumas das colunas que escreveu para os jornais murais que eram pregados nas trincheiras. Foi sua época mais gloriosa, quando realmente acreditou na causa pela qual estava disposto a continuar lutando. Seu irmão queria saber mais desses anos, de como chegou à Espanha muito antes que as Brigadas Internacionais. Sem revelar o que guardaria, perguntou-lhe se havia conhecido os voluntários da Argentina.

Sua cunhada perguntou sobre sua mulher, sobre esse filho, sobre a filha que nasceu em Paris. Ficou irritado que lhe perguntasse se eles sabiam que era judeu. Para que ia dizer a eles — respondeu, incomodado– vivem na Polônia! Eu diria para eles se eles fossem embora dali. Sua filha suspeitava e não teve mais dúvidas a respeito depois de se encontrar com seu primo. Foi nesse momento que seu tio olhou para ele buscando alguma confirmação. Claro que haviam falado e não só desses assuntos. Tinham quase a mesma idade, alguns interesses que compartilhavam, a atração de uma noite a sós na praia.

O pai sabia que era arriscado perguntar-lhe sobre sua partida da casa de seus pais, sobre o longo silêncio, sobre o retorno ao país que sepultou a maioria de seus judeus. Era arriscado, mas imprescindível, não teria se perdoado tê-lo deixado de lado. O fez aproximando-lhe um mate, caso quisesse experimentar. Não o fez. Falou do que havia sido uma fé que trocou por outra, do idealismo que mamou da doutrina, de ter feito o que o partido lhe havia pedido, e de ter respondido à exigência de voltar em 1949. Nessa época não questionava; isso viria depois, quando começou a ver as discrepâncias entre hierarcas, burocratas, *apparatchiks*[9] e os que estavam sob suas ordens, o povo. A desilusão o levou à ruptura em 1967, quando o governo retornou ao abertamente antissemita de outros tempos — e os de agora, balizou o sobrinho–. Foi então que na rádio onde trabalhava desafiou a que o mandassem embora como a outros judeus. Não o fizeram. Ser veterano da Guerra Civil Espanhola foi seu salvo-conduto.

O tio se apoiou no espaldar da cadeira. Sabia — os quatro sabiam– que não seria fácil lembrar dessa época. Olhou para seu irmão e chamando-o pelo diminutivo da infância, disse, vamos levar o cachorro para passear. Caminhemos mais que da outra vez.

---

[9] Termo coloquial russo para designar um funcionário em tempo integral do então Partido Comunista da União Soviética ou de governos liderados por esse partido.; um agente do "aparato" governamental ou do partido. (N.T.)

LVI

Compartilhavam o cotidiano. O sobrinho se ocupou de mostrar-lhe a cidade, museus, parques, as ruas de seu velho bairro, seus colégios. Foram ver uma peça de teatro, estiveram em uma fila para conseguir entradas para a sinfônica. Depois de ter entrado em dois mercados, o tio optou por permanecer do lado de fora; não tolerava as variantes de um mesmo produto, a abundância. Preferia outras coisas, fixar-se nas pessoas, no colorido que deslocava os cinzas arraigados na retina, cafés que lhe lembravam sua época parisiense.

Embora já tivesse se tornado uma escala turística, sentaram-se em um dos cafés emblemáticos da cidade. Ficaram horas caminhando e falando. Sentiam-se à vontade. Por que você não fica? Poderíamos arranjar seu visto — disse-lhe depois que lhes serviram cafés e pães tostados. Você não tem motivo para voltar para Varsóvia; está sozinho; seus filhos já não estão ali. O tio demorou para responder. Não porque o estivesse considerando, mas porque se deixou levar pelo que havia ouvido. O barulho das xícaras, os pedidos que os garçons passavam, o murmúrio daqueles que estavam nas mesas mais próximas lhe soava a uma cena que não vivera, apesar de tudo o que atravessou.

— Não estou sozinho, disse em voz baixa. É verdade que os meus filhos foram embora, mas restou o túmulo da minha mulher. Quero estar perto dela, agora e quando eu morrer. Entendo que meu irmão sinta que este é seu lugar, seu país, que você o tenha dado raízes. Eu sou de lá, embora já não seja o lugar no qual nós nascemos. Apesar de tudo — não pense que não sei quanto os polacos colaboraram nas matanças, em grudar nos nazis com excessivo entusiasmo– mas também os houve na resistência; lutamos juntos, tivemos um ideal, aguentei surras e decepções por acreditar no partido. Já estou velho, querido sobrinho. Alguém me espera.

Não tinha sentido insistir. Quando seu irmão lhe perguntou a mesma coisa, disse que seu filho lhe explicaria por que precisava voltar. Os quatro sabiam que já não voltariam a se ver. Seguiriam por carta. Da Polônia solicitaria, a cada tanto, algum livro, uma máquina de escrever; voltaria a ser abrupto, irascível, especialmente com sua cunhada. Eu te lembro alguém ou é que represento o que ele abandonou? — perguntava-se a mãe sem deixar de enviar-lhe o que solicitava.

As cartas foram se espaçando. O envelope de papel pardo que lhe entregaram, desta vez tinha outro remetente. Dentro havia vários recortes de jornais polacos e duas fotos: seu tio havia sido enterrado com honras militares no túmulo que ele havia designado. Seu pai já não estava para lhe traduzir para o iídiche o que lembraria desse outro idioma.

LVII

"Consegui seu endereço através da sua prima polonesa que mora na Suécia; ela o obteve de sua prima cubana que está em Miami. O sobrenome te soa familiar...?". Sim, soava para o filho e lhe respondeu. Compartilhavam a avó paterna. Que lhe escreveu e que desde esse dia foi "primo", estava dedicado a continuar completando a árvore genealógica da família. Quando o filho leu a mensagem, disse para si mesmo: há uma ordem no universo. Sempre acreditou nisso e o repetia cada vez que acontecia algo parecido; de quebra, assim se divertia irritando a quem desacreditava de sua confiança e de sua fé.

Os envelopes com selos eram coisa do passado. Voltados ao correio eletrônico, os dois aceleraram o intercâmbio para averiguar cada vez mais sobre suas origens. O filho obteve dados que ignorava e recuperou em PDF o *Izkor Buj* que um ato de aleivosia lhe havia subtraído. Enquanto avançavam, pouco lhes importava o grau de proximidade genética. Não compartilhavam o sobrenome, mas eram membros da mesma família e isso lhes bastava. Havia encontrado um novo círculo, uma rede que abrangia aqueles que haviam estado dispersos em uma diáspora geracional.

Desta vez viajou muito mais que vinte quilômetros para festejar o *Bar Mitzvah* do neto de seu primo. Quando se encontraram, em seus rostos, e no de outro irmão, acreditaram reconhecer alguma semelhança. "Dá cá um abraço — disse ao vê-lo abrir a portinhola do jardim. Embora distante, havia algum parentesco e ser primos lhes servia para declará-lo. Mais duradouro foi o abraço com a prima que morava na Suécia e que havia ficado olhando o abraço desses dois homens. Haviam passado algumas décadas desde o encontro junto a um mar que agora lhes era ainda mais alheio.

Cumprida a cerimônia e saciada a multidão com o antecipado ágape, os convidados começaram a se despedir deixando no salão os mais próximos e íntimos. Os locais discutiam política comunitária; os pais e avós do *Bar Mitzvah* seguiam se ocupando de que a ninguém faltasse algo para comer e beber. Com duas taças, ele indicou à prima que se sentassem em um banco mais afastado das mesas centrais. Também eles tinham que se colocar a par.

Despacharam rapidamente o mais próximo — riram ao usar essa mesma expressão. Ela queria, necessitava, falar de seu pai e sabia que haviam tido uma relação singular. Também, que durante sua visita passaram muito tempo sozinhos. Talvez tivesse confiado ao sobrinho coisas que escondeu de sua própria filha. Sempre foi esquivo e misterioso com alguns assuntos, especialmente sobre a época da guerra, disse-lhe sua prima. Para ele houve uma guerra de 1936 a 1945. Não, não teve problema algum em falar de política, mas mudava de assunto se lhe pediam detalhes sobre o que havia feito ou deixado de fazer todos esses anos. E na França, papai, quando eu era bebê? Contou como sempre havia sido difícil, seu nervosismo quando eles dois haviam ficado sozinhos na praia. De que falaram? — perguntou-lhe no dia seguinte. Sim, sem dúvida mereceu as honras que lhe haviam rendido, mas foi muito duro viver com ele, especialmente quando enviuvou. Ela continuou como se o acumulado ao longo do tempo finalmente pudesse ser revelado. Não era desmitificar o herói; era falar do pai com o sobrinho,

com seu primo irmão: saber que podia fazê-lo. Estava
em família.

LVIII

Quem poderia fornecer dados era o devoto da gene-
alogia. Pouco antes de seu encontro, havia viajado com
seu irmão para a Polônia para visitar os vilarejos relacio-
nados com a família. Visitaram cemitérios e verificaram
os registros das paróquias; anotaram os parentescos que
remontavam ao início do século dezoito. Era impossível
ir mais atrás; só lhes restava fixar-se em gerações mais
próximas, em pais e avós. A cada tanto, quando encon-
trava fotos que poderiam ser de seu interesse, as remetia
por correio eletrônico. Às vezes o fazia porque pareciam
curiosas; outras, para averiguar alguma coisa.

— Será que é o seu pai ou algum de seus irmãos?
Perguntava quando topava com fotos grupais do colégio
ou de algum clube. Era fácil distingui-lo de seus irmãos:
seus traços eram menos afilados, menos agudos, sempre
penteava o cabelo para trás. Disse "sempre" unindo tenra
juventude com a lembrança de sempre pai. Depois lhe
chegou a foto do galã posando no estúdio. Passou-lhe

fotos familiares de seus pais; algumas tiradas na Polônia e outras na Palestina dos anos trinta. O homem, estava formal; a mulher, com o cabelo preso, blusa branca e uma saia comprida de uma cor que o branco e preto da foto não revelava. Era a primeira vez que os via, mas para o filho pareceram variantes de uma mesma fonte.

— Preste atenção nesta pequena — dizia a mensagem que chegou poucos dias depois. Quando a abriu, havia duas imagens: em uma reconheceu facilmente seu pai. Era uma foto em três quartos de perfil, a reprodução de seu sorriso, bem penteado, paletó e gravata. Na outra, no verso da foto que havia sido descolada de um álbum, uma dedicatória em hebraico ao nome da mulher e "do teu amigo". — Quem é? — perguntou. A resposta chegou em poucos minutos: "Nossa mãe". Era de estatura mediana, delicada, cabelo escuro, como o que algum dia meu irmão e eu tivemos.

LIX

Era "a morena". Tinha certeza, só podia ser ela. Coincidiam o nome, a descrição, a distância entre os vilarejos, as datas, o que seu próprio pai havia contado. Não sabia se ficar alegre com a descoberta ou sentir pena por um amor não realizado, por um nome deslocado para o outro lado do mar.

Agradeceu ao primo por ter lhe mostrado uma foto que desconhecia. Tinha que pensar como lhe cairia o que ele sabia. Talvez fosse melhor deixar estar. De todo modo, era a história do seu pai, a que confiou a seu único filho.

Ao receber a primeira mensagem do filho da morena, o "primo", sentiu que se havia aberto um novo veio familiar. Mas não era outro veio; o círculo havia se ampliado. Agora abarcava o que foi, o que era, o que pôde ter sido. Um jogo de possibilidades que talvez, apesar de todos os tempos, seguia se embaralhando.

LX

Desta vez não o angustiou tanto caminhar até o túmulo dos seus pais. Pegou umas pedrinhas pelo caminho e, nem bem chegou, as pôs sobre a lápide.

Parou à esquerda, do lado da foto de seu pai. Contou-lhe que a morena estava em seu círculo; que, apesar de tudo, continuava estando em nossa família. Cumprindo o que havia prometido, falou em iídiche sobre *dain shvartseh*, "sua morena", de seus filhos, da sobrinha que estivera na Suécia e pensava em voltar à Polônia... Depois, parando diante do túmulo, contou a seus pais o que ele havia feito desde sua última visita. Foi breve, eles sabiam que quase sempre dizia a mesma coisa.

Embora estivesse sozinho, recitou silenciosamente o *Kadish*. Passou a mão sobre a foto de seus pais, tirou algum mato e começou a se afastar. Deu uns passos, parou, virou, olhou em direção onde os deixava. Disse algo em iídiche; desta vez para sua mãe. Depois, como sempre, as duas palavras que o deixavam à beira do que continuaria resistindo: "Tchau, velho".

Ler a história, ocupar o mundo

Jorge Aguilar Mora

É um duplo prazer: ler a história de como se ensina e como se aprende a ocupar o mundo, e saber de repente que esta história é a tradução — talvez fiel, talvez não, e que triplo prazer que não o fosse — de uma narração que se contou desde há muito, desde há pouco, em uma língua que é um desafio a toda identidade e que é a identidade da espera e da esperança.

Walter Benjamin disse sobre umas traduções do grego para o alemão, feitas por Hölderlin, que a harmonia entre as duas linguagens era tão profunda que as palavras tocavam seus significados assim como o vento toca uma harpa eólica. Saúl Sosnowski conseguiu, neste texto, a mesma proeza: assim como o vento toca as cordas, aqui o iídiche toca o espanhol criando uma harmonia onde se reconhece o espírito nômade, no qual se enfrenta sem medo a barbárie antissemita, onde se reúnem os fios mais secretos da humanidade, na qual se escuta a capacidade de nomear e de ocupar o nome e também como se semeia, como se cultiva, como se derrota o tempo. E como se ama o amor.

O país que agora chamavam de seu *é a tradução perfeita: narração que substitui a original deixando intacta sua autoridade fundacional; assim como o novo país é próprio sem apagar o menor detalhe da geografia daquele que vem desse outro lado. Este relato oferece duplo prazer: reconhecer o invisível, esquecer o inesquecível. Prazer único: aqui, neste livro, com cada palavra o outro aparece em mim.*

Sobre o autor

Reconhecido e premiado por seus trabalhos acadêmicos, Saúl Sosnowski (Buenos Aires, 1945) publicou livros sobre Cortázar, *Borges e a Cabala* (Perspectiva), escritores judeus-argentinos, fascismo e nazismo nas letras argentinas e ensaios reunidos em *Cartografía de las letras hispanoamericanas: tejidos de la memoria* (Prêmio "Ezequiel Martínez Estrada", Casa de las Américas); editou ou coeditou 17 volumes e é autor, também, de quase uma centena de artigos. Professor de Literatura e Cultura Latino-Americana na Universidade de Maryland, College Park, durante uma década (1984-1994) dirigiu uma série de conferências internacionais sobre "La represión de la cultura y su reconstrucción en el Cono Sur" ["A repressão da cultura e sua reconstrução no Cone Sul"], que deram lugar a 5 volumes publicados em Buenos Aires, Montevidéu, São Paulo, Santiago e Assunção. Em 1995, lançou o projeto "Una cultura para la democracia en América Latina" ["Uma cultura para a democracia na América Latina"] que gerou seminários e publicações na Argentina e no Brasil. Professor visitante em vários países, recebeu distinções de diversas instituições acadêmicas.

Suas publicações mais recentes incluem *Rugido que toda palabra encubre* (2017, poesia) e os romances *Decir Berlín, decir Buenos Aires* (2020) e *O país que agora chamavam de seu* (2021), editados em um volume como *Estación del encuentro* (2023).

Em 1972, fundou e desde então dirige a prestigiosa revista de literatura, *Hispamérica*, que recentemente celebrou seus primeiros 50 anos de publicação ininterrupta.

CADASTRO
ILUMI//URAS

Para receber informações
sobre nossos lançamentos e
promoções envie e-mail para:

cadastro@iluminuras.com.br

A *Iluminuras* dedica suas publicações à memória de sua
sócia Beatriz Costa [1957-2020] e a de seu pai Alcides Jorge
Costa [1925-2016].